U0117015

北京世纪文景文化传播有限责任公司　出品

[匈牙利] 雅歌塔·克里斯多夫 著

简伊玲 译

Agota Kristof

Le Troisième
Mensonge

第三谎言

世纪出版集团　上海人民出版社

第一部

我被关在孩提时的那个镇上。

我并不是真的在监狱里，这只是一个拘留所，是当地警察局里的一个房间，一幢像镇上其他房子一样的二层带天井的建筑。

拘留所以前应该是一间盥洗室，门和窗户都面向院子。现在，他们在窗子内侧加装了铁条，避免人们伸出手打破玻璃窗。厕所非常窄，就在角落里，用一片布帘隔开来。沿着一面墙，摆了一张桌子和四张钉死在地板上的椅子。墙的对面，则并排放了四张可以折叠的行军床，其中的三张折起来靠在墙壁上。

拘留所里就只有我一个人。这个镇上的罪犯很少，而且只要一有罪犯，通常都会被遣送到邻镇，距离这儿二十公里的郡政府所在地。

我并不是罪犯。之所以会待在拘留所里，只因为我的身份证不合格，签证无效，再加上我还欠了别人房租。

早上，狱卒给我带来早餐，有牛奶、咖啡和面包。我只喝了几口咖啡，就到外面去洗澡。狱卒帮我解决剩下来的早餐，还将我的牢房打扫干净。门一直是开启的，只要我想到院子里，随时都可以出去。这座院子被那些爬满常春藤和野葡萄的高墙环绕，其中一面墙的后面，也就是从我牢房出来的左边，是一所小学的学校操场。我听见孩子们下课时的嬉笑、玩耍和叫喊声。我没上过那所小学，但是我仍然记得早在我小时候，它就已经在那儿了，只不过当时的牢房是在其他地方。之所以也能记得这件事，是因为我曾经去过那儿一次。

早晚各有一小时，我都在院子里散步。这个习惯在小时候就已经养成，那是在我五岁必须重新学习走路时的事了。

这个习惯惹恼了狱卒，因为每当散步时，我总是不说话，也听不进任何一个字。

我的双眼直盯着地面，双手则背在身后，沿着围墙打转。地面上铺了一块块的石头，而小草就从石块与石块之间的缝隙中冒出来。

这座院子接近正方形，有十五步长、十三步宽。假设我一步有一米长，那么这座院子就有一九五平方米。但是我的步幅一定不到一米。

院子中央有一张圆桌和两张放在花园里的那种椅子，另外还有一张朝牢房墙摆放的木头板凳。

当我坐在这张板凳上时，几乎可以完全看见我孩提时看过的天空。

文具店的女老板竟然在我被收容的第一天就来看我，还帮我带了私人衣物和一锅蔬菜汤。后来，每天将近中午时，她都会带蔬菜汤过来。我告诉她这儿吃得很好，狱卒每天都会从对面的餐厅订两次套餐给我吃，但是，她仍然继续为我带汤。我礼貌性地喝了几口，然后将锅子递给狱卒，让他喝掉剩下的汤。

我为自己留在公寓里的杂乱向文具店女老板致歉。她对我说：

"你太客气了，我和我女儿已经把公寓都打扫干净了。尤其是那一大堆纸，我已经把一些揉皱的纸和丢在字纸篓里的纸给烧了，其他的就放在桌上。但是后来警察来了，就顺手把它们也拿走了。"

我沉默了一会儿，然后说："我还欠你两个月的房租。"

她笑着说："那间小公寓的房租我向你收得太贵了。不过如果你坚持的话，可以等到回来时再还我钱，也许明年吧！"

我说："我不认为我会再回去，但是我一定会托人拿钱还你。"

她问我是不是还需要什么东西，我说："呃……我需要纸和笔，但是我半毛钱也没有。"

她说："噢！对了，纸和笔！我早就该想到了，真不好意思。"

第二天，她来了，带着汤、一叠方格纸和几支笔。

我对她说："谢谢，这些我一定会还你。"

她说："哎！你总是提到还钱、还钱的，其实我倒是喜欢你说些别的事情，譬如，你写什么呀？"

"写些无关紧要的东西。"

她强调说："我想要知道的是，你写的是事实还是只是虚构的内容。"

我告诉她，我试着去写些真实的故事，但是在某些时候，当这些故事因为本身的真实性而令人无法忍受时，我就必须去改变它。我又告诉她，我试着去叙述自己的故事，但是我做不到，我没这个勇气，因为这些故事会深深地伤害我。于是我就美化一切事实，描述出来的事物往往与它本身所发生的事实并不相同，而是与我原先对它的期望比较接近。

她说："这个我知道，生活中有些事情的确会比书上最悲惨的故事还要悲惨。"

我说："没错，就算书中有如此悲惨的故事，也比不上生活中的悲惨。"

一阵沉默之后，她问道："你跛脚是因为意外吗？"

"不是，是我小时候生了一场病。"

她又说："从外表上几乎看不出来你跛脚。"

我笑了。

我的手再度握起笔了，但是没东西喝，也没烟抽，除了狱卒在餐后给我的两三根烟之外，什么都没有。我提出想会见警察局长，他立刻答应了。局长的办公室在二楼，我走上楼梯，坐在他对面的椅子上。他一头棕发，满脸雀斑，面前的桌子上，有一盘局中棋。局长看着那盘棋子，往前移动了一颗棋子，接着在笔记本上记下这步棋，然后抬起浅蓝色的眼睛。

"有什么事吗？调查还未结束，还需要几个星期，也许要一个月。"

我说："我不急，我觉得待在这儿很好，只不过缺了一些小东西。"

"例如？"

"如果你能在我每天的待遇里再加上每天一升酒和两包烟的话，这间牢房就好得没话说了。"

他说："不行，这有害你的健康。"

我说："剥夺一个酒鬼必须喝的酒，你知道会发生什么事吗？"

他说："我不知道，我也不在乎！"

我说:"像我这种酒精中毒的患者如果不喝酒的话,就会有谵语症的危险,而且只要发作,一瞬间就可能会死去。"

"别胡扯了!"

他垂下眼睛注视那盘棋,我告诉他:"黑马。"

他继续盯着棋子看。

"为什么?我不懂。"

我把"马"往前移,他记在笔记本里。他想了很久,然后举起"车"。

"不对!"

他又放下"车",看着我说道:"你是下棋高手吗?"

"我不知道,我已经很久没玩了。不管怎样,我比你高段。"

他的脸涨得比他的雀斑还红。

"我到现在才下三个月的棋,但是没人教我,你能不能教我一些?"

"乐意之至。但是如果我赢你,你可不能生气!"

他说道:"我不在乎赢不赢棋。我要的就是学习。"

我站起身来。

"你想学习时就带着棋子来找我吧!早上比较好,因为这时候的脑子会比下午或晚上灵活。"

他说道："谢谢。"接着便垂下眼睛注视棋子。

我站在一旁等候，然后咳了一声。

"酒和烟呢？"

他说："没问题，我会吩咐下去。你就会有烟抽，有酒喝了。"

走出局长室，步下楼，我没回房间，而是走到院子里，坐在板凳上。今年的秋天很温暖。太阳西下时，天空出现了一些色彩，有橙色、黄色、紫色、红色以及其他一些文字中不存在的颜色。

几乎每天将近两小时的时间，我都和局长下棋。每一盘都下得很久，因为局长每一步都想了很久，并记下所有的棋步细节，而且他老是输棋。

另外，当文具店女老板每天下午整理好她的编织物，回去开店门的时候，我都会和狱卒玩扑克牌。这个国家的扑克牌玩法，和任何其他国家都不相同。虽然很简单，而且机运占了大部分，但是我仍然经常输牌。我们赌钱，但是因为我没钱，所以狱卒就把我欠的债记在石瓦板上。每一场赌局结束之后，他总会笑得很大声说："我赢了！我赢了！"

他结婚了，老婆在几个月后就要生小孩，他常说：

"如果是个男孩，而且如果你还在这儿的话，我就把你石瓦板上的赌债划掉。"

他经常提到他的老婆，说她有多么美丽，尤其现在她变胖了，胸部和臀部几乎是原来的两倍大。他也详细对我叙述了他们的相遇，他们的"交往"，他们充满爱意的林中漫步，她对他的抵抗，他征服了她，他们因为奉儿女之命而不得不闪电结婚……他全都告诉我了。

其中，他以极度的愉悦和更详尽的方式描述的，就是前一天的晚餐。他老婆用了哪些配料、用了何种方法、多少时间，而且"愈是精心烹调，菜肴就更佳"——也就是他老婆如何做饭。

局长都不说话，什么也没说。他惟一向我透露的秘密就是，他会按照笔记内容，独自一个人把我们下过的棋再下一遍，其中一次是下午在他办公室里，而第二次则是晚上在他家里。我曾经问他是否结婚了，他耸耸肩回答我：

"结婚？凭我？"

文具店女老板也一样，她什么都不说。她说没什么可说的。她养育两个孩子，六年来，她一直守寡，所有的情形就是这样了。当她问及我在另一个国家的生活时，我回答她，我比她更没什么可谈的，因为我没养育过小孩，而且也从来就没有老婆。

一天，她对我说："我们的年龄很相近。"

我抗议说："不会吧！你看起来比我年轻多了。"

"怎么会？不要开玩笑了，可不要这么恭维我。我的意思是，如果你小时候在这个镇上待过，我们应该曾经在同一所学校里碰过面呀！"

"是啊！但是我例外，我没有上过学。"

"不可能啊！那时候接受教育是义务呀！"

"但是对我而言并不是义务，我当时是一个精神上很脆弱的小孩。"

她说："你说话老不正经，你老是在开玩笑。"

我身患重病。知道这件事至今正好一年。

我的病是在另一个国家，也就是我迁居的国家发生的。那是十一月初的一个清晨五点钟。屋外还是漆黑一片，我感到呼吸困难，一种极大的痛苦逼得我无法呼吸。这种疼痛来自我的胸腔，然后渐渐侵袭到我的肋骨、背部、肩膀、手臂、喉咙、颈部和下腭，就像一只巨大的手掌，想要捏碎我的上半身。

巨大的手掌松开了，逐渐松开。我扭开床头灯。

我从床上缓缓坐起，等待，然后站起身。

走向书桌，走向电话，又重新坐回椅子。要叫救护车吗？不，不行！不要叫救护车。等待。

走进厨房，煮咖啡。别急，不要过度深呼吸。慢慢地吸气，轻轻地吸气，静静地吸气。

喝完咖啡，洗澡，刮胡子，然后刷牙。

又回到房里，穿上衣服。等到八点，打个电话，不是叫救护车，而是叫一辆出租车送我到往常我去的那个医生那儿。

他把我当成急诊病人为我诊断。他听我叙述，帮我照肺部 X 光，检查心脏，量血压。

"可以穿上衣服了！"

现在，我们面对面坐在他的诊断室里。

"你还是一直在抽烟吗？抽多久了？你一直在喝酒吗？喝多久了？"

我毫不隐瞒地回答。我相信，对于他，我是从不撒谎的。我知道他完全不把我的健康和病症当一回事。

他在我的档案里写了几个字，然后看着我说：

"你所做的一切都是在毁灭自己，这是你自己的问题，一切都得看你自己了。我十年前就严格禁止你抽烟，禁止你喝酒。然而到现在，你还是继续抽烟，继续喝酒。如果你还想再多活几年的话，就该立刻停止这些坏毛病。"

我问他："我得了什么病？"

"大概是狭心症，这是早就可以预料到的。不过话说回来，我并不是心脏病方面的专家。"

他递了一张纸条给我。

"我推荐你到一个著名的心脏病科专家那儿。带着这张纸条到他的医院去作更细致的检查，愈早愈好。这段时间里如果发病的话，就吃这些止痛药。"

他给我一个药方。我问道："要开刀吗？"

他说："如果还来得及的话……"

"否则呢？"

"按你的情形看来，任何时候你都可能心肌梗塞。"

我到最近的一家药房买了两瓶药。其中一瓶是日常用的镇静剂，而另外一瓶上面写着"每日服用三次。适用症状：狭心症。成分：硝化甘油"。

我回到家，每瓶各服一剂。我躺在床上，痛苦很快就消失了。

我沉沉入睡。

我走在孩提时那个小镇的街道上。这个小镇死气沉沉的，房屋的窗和门都关着，完全一片寂静。

我走进一条宽阔的旧市街，街道旁尽是木屋以及老旧的谷仓，街道上满是飞扬的尘土。对我而言，在尘土飞扬中赤脚走路，我感到相当温馨。

但是，一股莫名的紧张情绪却在支配我。

我才一转身，就看见街上的另一端有一头美洲豹。这头亮眼的野兽，浑身淡灰褐色和金黄色的柔软光滑的皮毛，在炙热的太阳下闪闪发光。

忽然间，眼前的景物全都燃烧了起来。房子和谷仓都着火了，但是我却必须在这条着火的街道上继续走下去，因为那头美洲豹也开始向前走来，它踩着威严而优雅的步伐向这里走来，一直和我保持一段距离。

该往哪里逃呢？无处可逃。前有烈火，后有獠牙。

或许，往街底走去的话……

这条街的尽头应该就在前方某处。一般说来，每条街道尽头的出口都会通往广场和另一条街，要不然就是通到郊区、田野，除非是条死路，那就另当别论。唔……这条街的情况应该是这样，一条死路，没错！

我感觉到那美洲豹的喘息就在我身后不远处。我不敢转身，也无法前进，两脚就死钉在地上。我恐惧得要命，一直在等待那头豹扑上我的背，接着从肩膀到大腿把我撕得稀烂，然后再撕裂我的头、我的脸。我在等待那一瞬间的到来。

但是那头美洲豹却打我身旁走过，依旧踩着悠哉游哉的步伐继续向前走它的路，然后在街道尽头的一个小孩脚边趴下。那个小孩刚才并不在那儿，现在却出现了。他抚摸着趴在他脚边的美洲豹。

那孩子对我说："它不凶，是我养的。别怕，它不吃人，不吃肉，只吃灵魂。"

火焰不见了，烈火消失了。街道两旁的建筑物如今都冷却下来了，只剩下一堆堆残余的灰烬。然后变冷。我问那孩子："你是我的兄弟，是不是？你在等我吗？"

孩子摇摇头。

"不，我不是你的兄弟，我没等任何人。我是永远年轻的守卫。等兄弟的人现在就坐在中央广场的长凳上。他很老，也许他等的人就是你。"

我在中央广场上发现了坐在长凳上的那个兄弟。

他一看见我，就站起身来。

"你迟到了，我们快走！"

我们爬上微隆的墓地，在泛黄的草地上坐下。周围的一切都腐朽了，十字架、树木、灌木丛和花朵都腐朽干枯了。我兄弟用拐杖翻动泥土，许多白色的蛆虫都爬了出来。

我兄弟说："不是所有的东西都死了，这些东西还活着。"

蛆虫在蠕动，那种情景令我作呕。我说：

"只要一想到这些蛆虫，就让人无法喜欢生命。"

我兄弟用拐杖抬起我的下巴。

"别想了。你瞧！见过如此美丽的天空吗？"

我向上仰望，太阳在小镇的上方缓缓下沉。

我答道："没有，从来没有，其他任何地方的落日也比不上这儿的美丽。"

我们肩并肩一直走向城堡，在城墙下停住脚步。我的兄弟爬上城墙，到达顶端，然后随着一首似乎是来自地底下的音乐跳起舞来。他跳着舞，将手臂高高举起指向天空，指向星斗，指向升起的满月。在他黑色的长外套里，是他细瘦的身影。他在高墙上一边飞舞一边往前移动，而我在城墙下奔跑，高喊，追赶他。

"不要！不要这样！停止！快停止！你会摔下来的！"

他在我正上方停下脚步。

"你不记得了吗？我们以前都在屋顶散步，我们从不害怕掉下去。"

"那时候我们还年轻，不会头晕！快下来啊！"

他笑说："别怕，我不会掉下去的，我会飞，每天晚上我都在小镇的上空翱翔。"

他举起手臂，往下跳，正好坠落在我的脚边，就在院子里铺砌的石块上。我弯下腰去看着他，抱起他光秃秃的脑袋和布满深深皱纹的脸庞。我哭了。

这张脸的轮廓扭曲了，眼睛也不见了。顷刻间，我手中抱着的只是一颗陌生而又易碎的头颅，就像细沙一样在我指间消逝、滑落。

我在泪水中醒来。房里一片昏暗，白天的大半时间我都在睡觉。我把身上那件被汗水浸湿的衬衫换掉，洗把脸。看着镜中的自己，我思忖着最后一次流泪是在什么时候。我记不得了。

　　我点了一根烟，坐在窗前，看着夜幕降临这个小镇。寝室窗下，是一座空荡荡的院子，和那棵院子里惟一的已经掉光叶片的树木。远方的那些房子，有愈来愈多的窗子亮了起来。窗子里的生活是平静的，是正常的，是令人安心的，有那些成双成对的人们，那些孩子，那些家庭。我还听到远处传来汽车的声响。我思索着，那些人为什么在夜间还要开车？他们要上哪儿去？为什么？

　　死亡就快来了，它会抹灭一切。

　　一想到死亡，我就心生恐惧。

　　我害怕死去，但是我不会上医院的。

我童年大部分时间都是在医院度过的。我对那段日子的记忆相当清晰。回想起那个时候，我的床就和其他二十几张床并排在一起，我的衣橱摆在走廊上，还有我的轮椅、拐杖以及那间折磨人的房间，里面有游泳池和一些机器。其中有一个像输送带的机械设备，我站在上面由一根皮带支撑身体，然后就永无止境地在上面行走。另外还有一些吊环，我也必须一直挂在上面。固定式的脚踏车更磨人，跨在上面即使踩到痛得快要哭出来了，我还是得继续踩下去。

　　除了这些痛苦，我还记得那些味道：药水味里混杂着血液味、汗水味、尿液味和粪便味。

　　我也还记得打针，护士们的白色衣服，一些得不到回答的问题，和我心中渴望已久的期待。当时我心中期待的是什么呢？大概是恢复身体健康之类的吧？但也可能是期待其他的事。

　　后来有人告诉我，我是在一场重病的昏迷中被送到医院的。我当时四岁，战争正要开始。

　　进入医院之前的事，我并不是很清楚。

　　在一条宁静的街道上，一栋有着绿色百叶窗的白色屋宅，厨房里有我母亲的歌声，父亲在院子里砍柴。洋溢在那栋白色屋宅里的完美幸福，是曾经有过的事实，还是我曾经做过的梦，抑或是过去五年来待在医院漫漫长夜里的幻想？

另外，还有睡在小房间里的另一张床上，有着和我一样呼吸节奏的那个人，我仍然相信自己记得这个兄弟的名字。他死了吗？或者他从来就不曾存在过？

有一天，我被转送到另外一家医院，这个地方虽然叫做"康复中心"，不过仍旧是家医院。这里的房间、病床、衣橱和护士都一样，都没改变，而且痛苦的练习仍将继续下去。

康复中心四周是一片很大的公园。我们可以走出大楼到烂泥池里蹚水。我们愈是把烂泥往身上抹，护士们就愈是高兴。我们也可以骑马，那是一种四肢下端长了长毛的小种马，坐在它背上，它会载我们缓缓穿过公园去散步。

六岁时，医院的小房间被当成教室，我开始在那儿上小学，由一位小学女教师为我们上课。上课的学生有时候是八个人，有时候是十二个人。根据我们的健康状况，学生人数会有一些变化。

那位女老师身上穿的不是像护士一样的白色制服，而是短裙配上色彩鲜艳的衬衫和高跟鞋。她也不戴护士帽，茂密的头发就随意垂在肩上飘动，她的发色就像是十月里从公园树上掉落的栗子颜色一般。

我口袋中装满了表皮光滑的果子，我总是用这些果子去丢那些护士和监视阿姨。到了晚上，就用来丢那些躺在床上唉声叹气或不停哭泣的小孩，好让他们安静一点。我也拿它们丢温室的玻璃窗，有个老园丁在里头种了一些我们非吃不可的生菜。

有一天一大早，我在女院长门前撒了二十几颗栗子，让她跌下了阶梯，但她的大屁股正好跌坐在地上，所以她什么也没撞断，也没受伤。

当时我已经不再坐轮椅了，而是挂着拐杖走路。大家都说我进步很大。

上课时间是从八点到中午，饭后就午休，但不是睡觉，而是阅读女老师借给我的书，或是趁院长不在办公室里时从她那儿"借"来的书。到了下午，我和所有的人一样上体育课。到了晚上，我还得做功课。

我很快就做完了功课，然后就写信。是写给女老师的信，我几乎从没有拿给她过。我也写信给我的父母、兄弟，也从未寄给他们过，因为我不知道他们的地址。

几乎有三年的时光，都是这么度过的。我不再需要拐杖，我可以用一般的手杖走路。我会读书、写字和算术。虽然我们不打分数，但是公布在墙上的学生名簿里，我的名字旁边经常得到一颗金星。在心算方面，我特别拿手。

女老师在医院里有一间专用的寝室，但是她每天晚上都不睡在那儿。因为一到了傍晚，她就会到城里去，然后一直要到早上才回来。我曾经问过她，是不是可以带我一块儿出去，她回答我，这是不可能的。她说我不准踏出康复中心一步，但是她答应给我买巧克力回来。她总是私底下偷偷拿巧克力给我，因为她没有足够的巧克力可以分给所有的人。

一天晚上，我对她说："我和那些男生在同一个房间里睡烦了，我想和女人睡。"

她笑说："你想要到女生的房间睡觉？"

"不，不是和那些女生睡，我是想和女人睡。"

"女人？什么样的女人？"

"比方说和老师，我想到老师房里睡觉，睡在你的床上。"

她吻了我的眼睛说道："像你这种年纪的小男生，应该独自一个人睡觉。"

"你也是吗？你也是一个人睡吗？"

"不错，我也是！"

有一天下午，她来到我的秘密小窝下面。我的秘密小窝就在一棵胡桃树上，是胡桃树的枝干自然形成的舒适座位。

在那里，我可以看书或是眺望城市。

老师对我说："今天晚上所有人都睡着的时候，你可以到我房里来。"

我没有等到他们全都睡着，因为如果真要等的话，很可能让我等到早上。他们从不在同一个时间睡觉。有人在哭，有人一个晚上要上十次厕所，有人在自己的床上干下流卑猥的事，也有些人聊天聊到天亮。

我给了那些爱哭鬼几记耳光，然后去看那个四肢瘫痪的金发小男孩，他不动也不开口说话，只是望着天花板，或是当我们带他出去时，他就微笑望着天空。我握起他的手，紧贴在我的脸上，然后捧起他的脸，他看着天花板微笑。

我走出宿舍，到老师的房里。她不在，我躺在她的床上，感觉很好，我就睡着了。醒来时正是深夜，她躺在我身旁，她的手臂交叉放在脸颊上面。我移开她交叉的手臂，让手臂环抱着我。我紧靠在她身边，就躺在那儿，直到早上都没入睡。

我们之中有几个人会收到信，是护士发给他们的，当他们无法看信时，就由护士念给他们听。过了不久，那些不识字的人，当他们要我念给他们听时，我就念。通常，我念的内容和信上写的正好相反，例如："亲爱的孩子，希望你最好别痊愈。没有你，我们全家一样过得很好，一点儿也不会寂寞。爸爸和妈妈都希望你能一直待在那里，因为我们家里面可不希望有个残缺的人。尽管如此，我们偶尔也会想起你。在里面要乖，要当个好孩子，因为照顾你的人都是些不简单而且相当值得称赞的人。我们没办法做得和他们一样好。我们实在是很庆幸能有其他人来为你做一些我们本来应该做的事，但是我们家里实在也没有你的容身之处了。大家都很健康，不希望有其他病人存在。你的父母、姐妹、兄弟。"

要我念给他听的这个小孩对我说："这封信和护士念给我听的不一样。"

于是我告诉他："那是她故意念错的，因为她不希望让你难过，而我念的就是信上所写的。我认为你有知道真相的权利。"

他说："是的，我有权利，但是我不喜欢听到真相。以前那样子比较好，护士故意念错给我听是对的。"

他哭了。

不只是信，我们中有很多人也会收到包裹。有蛋糕、饼干、火腿、灌肠、果酱和蜂蜜。院长说过，这些包裹里面的东西应该分给我们所有小孩。但是，仍然有一些小孩会把食物偷偷藏在他们的床上或衣柜里。

我走近这些小孩之中的一个人，我问他："你不怕这里面被下毒吗？"

"下毒？为什么？"

"做父母的都宁可让孩子死掉，也不要孩子是个残废。你没想过吗？"

"没有，从没想过。你说谎，走开！"

后来，我看见那个小孩把他的包裹丢到康复中心的垃圾堆里。

也有一些家长会来探望他们的小孩。我在中心的大门口等他们，询问他们拜访的原因以及他们孩子的名字。当他们回答我的问题之后，我对他们说："很抱歉，你的孩子两天前就死了，难道你没收到通知吗？"

说完这些话，我就立刻跑开，找地方躲起来。

院长传唤我去，她问我："你为什么这么恶劣？"

"恶劣？我吗？我不懂你在说什么？"

"不，你应该相当清楚。你向来访的父母宣告他们的孩子死了。"

"咦？他不是死了吗？"

"没有，而且你根本就很清楚。"

"应该是我搞错名字了，他们的名字都这么相似。"

"除了你的名字之外，是不是？但是这个礼拜没有任何一个小孩死掉。"

"没有吗？那么是我把这个礼拜跟上个礼拜搞混了。"

"哦？是吗？但是我劝告你，最好别再搞混名字，搞混星期了。而且我禁止你和那些家长还有访客交谈，也禁止你为那些不识字的小孩读信。"

我说："我只是想帮助别人而已。"

她说："我不准你帮助任何人。懂了吗？"

"是的，院长女士，我懂了。但是，如果有人在呻吟，我就不该帮助他上楼去吗？有人跌倒，我扶他起来也不对吗？是不是不要为别的小朋友解释算术问题，也不要为别的小朋友订正错误的拼字。如果你禁止我帮助别人，也就是禁止别人要求我帮忙。"

她默默注视了我好久，然后说道："好了，出去！"

我从院长室走出来，看见一个小孩正在哭，因为他的苹果掉在地上，而且他无法捡起来。我经过他身边，对他说："你可以一直哭下去没关系，无论怎么哭你也捡不到苹果，没用的家伙！"

他坐在他的轮椅上要求我："能不能请你替我把苹果捡起来？"

我说："你自己去想办法，笨蛋！"

到了晚上，院长走进餐厅里。她对我们训话。最后，她告诉其他小朋友不可以向我要求帮助，也不可以向其他人求助，只能向护士或老师求助，如果遇到不得已的情况，就向院长本人求助。

在这件事之后的某一天，我必须到医务室旁的小房间去，每个礼拜都要去两次。房间里有个很老的老太太坐在一张很大的扶手椅上，膝上盖了一条很厚的毯子。以前我就曾经听过别人谈起她。其他那些来过这个小房间的小孩都说那个老太太很慈祥，就像一位老奶奶一样。而且她很好相处，我们可以躺在行军床上，或是坐在桌前画出所有我们想画的东西。我们也可以看画册，或是谈任何话题。

我第一次到那儿的时候，我们什么也没说，只是道声日安。后来我觉得烦闷，她的书都无法引起我的兴趣，我也不想画画。于是我从门口走到窗边，又从窗边走到门口。

过一些时候，她问我："你为什么要这样走来走去呢？"

我停下脚步回答她："我得训练一下我这条残弱的腿，每走一次就能多练一练，而且我也没事可做。"

她对我露出了布满皱纹的笑容。

"我觉得你那条腿很好呀！"

"还不够好。"

我把手杖丢在床上，走了几步，结果在窗户旁边跌了一跤。我说：

"你看看，这样会好吗？"

我爬过去，把拐杖拿过来。

"当我可以不需要这个东西时，我才会安心。"

后来有好几次，当我必须到那个老太太的房间去时，我都没去。他们到处找我，但是都没找到。我就待在公园深处胡桃树的枝干上，只有老师知道这个秘密小窝。

最后一次，是院长亲自把我带到小房间里。那次是在刚刚吃过午饭后被她逮到，然后直接押着我到小房间去。我倒在床上，一直待在那儿。那老太太问我：

"你在想你的父母亲吗？"

我回答她："没有，我一点儿也不想他们，你呢？"

她继续她的问题。

"晚上睡觉前，你想到什么？"

"想睡觉，你不也是这样吗？"

她又问我："你向那些小孩的家长说他们的孩子已经死了，为什么？"

"为了让他们高兴。"

"怎么说?"

"因为知道自己的小孩死了,从此不必再残废地活下去,这是一种喜悦。"

"你怎么知道?"

"反正我知道就是了。"

那老太太又问我:"你做出这些事情是因为你父母从没来看过你,是吗?"

我对她说:"这跟你有什么关系?"

她又继续说:"他们从不写信给你,也从不寄包裹给你,所以你在其他孩子身上进行报复。"

我从床上坐起来,说道:"没错,我也不会饶过你。"

我拿起我的手杖打她,因为用力过猛,我从床上滚了下来。

她大声哀号。

她继续哭喊。虽然我已经滚落床下跌倒在地,但仍然趴在地上打她。我迅速挥动手中的手杖,不断攻击她的腿、她的膝盖。

一些护士听到老太太尖锐的悲鸣声,于是纷纷冲进小房间。她们压得我动弹不得,把我带到另外一间小房间里。这里就和其他房间一样,没有书桌,没有书柜,就只有一张床，没有其他的东西。窗上嵌了一些铁条，房门也从外面反锁了。

我睡了一会儿。

当我醒来时，对着房门又敲又踢又叫的，我要我的衣物、我的作业、我的书本。

没人回答我。

午夜时分，女老师走进我的房里，躺在我身边，这张窄小的床上。我把自己的脸颊埋到她的发丝中。突然间，我被一阵痉挛侵袭，全身不停地打颤，嘴里不断发出哽咽声，而且还不停地打嗝。我的眼眶里溢满了泪水，鼻涕无论如何也止不住，不断地流出来。我无法克制地啜泣。

在康复中心，我们的食物愈来愈少。因此公园也必须改建成菜园，所有能劳动的人，都在老园丁的指挥下工作。我们在菜园里种了一些马铃薯、四季豆和胡萝卜。我很遗憾不能再坐上轮椅了。

因为空袭警报，我们必须跑下楼的次数也愈来愈多，而且警报总是在夜晚发生。护士们把那些无法走路的小孩抱在怀里。在一堆堆的马铃薯和一袋袋的木炭之间，我认出了那个女老师，我紧挨着她，告诉她不要害怕。

当炸弹掉在中心时，我们正好在上课。起初并没有警报。一些炸弹先是掉落在我们附近，学生们纷纷躲到桌子底下，只有我还站着，因为我正在背诵一首诗。女老师向我冲过来，把我推倒在地板上，我什么也没有看见，她压得我喘不过气来，我试着推开她，然而她的身体却变得愈来愈重。一种浓稠的、温温咸咸的液体流进我眼睛，流进我嘴巴，流到我脖子上。我失去知觉了。

当我醒来时，是在一个体育教室里。一位修女正拿着一块湿布为我擦脸。她对一个人说："我想这个小孩大概没受伤。"

我开始吐了。

在体育教室里，四处都有人躺在草席上。有大人也有小孩。有些人在叫喊，也有些人一动也不动，我无法知道他们是死了还是活着。我在人群中寻找女老师，但是都没看见她。那个瘫痪的金发小男孩也不在那里。

第二天，有人来询问我。他们提出来的问题是关于我的名字、我的父母和我家的地址，但是我不想听，我不再回答，也不再说话。于是周围的人认为我是聋哑人，所以也就不吵我了。

我又得到一根新的手杖。一天早上，一位修女牵起我的手。我们走向车站，坐上火车，到了另一个小镇。我们徒步穿越这个小镇，直到那最后一间位于森林附近的房子。那个修女把我留在那儿，一个老农妇的家，然后修女就离开了。后来我才知道，我要称她"外婆"。

她叫我"狗养的"。

我坐在车站的长椅上等火车，几乎已经等了一个小时。

从这里，我可以看见这个小镇的全景。这是我度过了近四十年岁月的小镇。

以前，当我到达这里时，这是个迷人的小镇，有湖泊、森林、老旧的矮房子以及许许多多的公园。而今，高速公路切断了湖泊，森林遭到破坏，公园也不见了，新建的高楼大厦丑化了小镇原有的面貌。老旧狭窄的街道和人行道上，到处都塞满了零乱的汽车。一些旧有的酒吧都被那些毫无风格可言的餐厅或是一些自助餐厅所取代。在自助餐厅里，每个人进餐的速度都很快，有时甚至得站着吃。

这是我最后一次眺望这个小镇。我不打算再回来了，也不愿意死在这里。

我没说再见，也没向任何人道别。在这里，我没什么朋友，甚至也没有女朋友。我许许多多的情妇应该也都结婚当人家的妈妈了，而且现在应该也都不年轻了。我已经有好长一段时间，没在街上遇见过她们了。

我最要好的朋友彼得，是我年轻时代的支柱，两年前死于心肌梗塞。他的女人克萝拉，是我第一个情人，她让我有了第一次的经验。因为她无法承受晚年的迫近，好久好久以前就自杀了。

我离开了，没留下任何人、任何事。我卖掉所有东西，都是一些没有价值的东西。我的家具卖不到几个钱，我的书更是不值钱。老钢琴和几幅画，总算为我换来一点钱，所有的东西就这些了。

　　火车来了，我只带一口行李箱上火车。离开这个小镇时带走的东西，比当初抵达此地时带的东西还少。在这个富裕而又自由的国家里，我一无所有。

　　我有一张前往故乡的观光签证，签证的有效期只有一个月，但是可以延期加签。我希望身上带的钱够我在那里活几个月，也许活个一年。我也准备了一些药。

　　两个小时后，我来到一个国际化的大型车站，又等了一会儿，搭上一班夜车。我订了一个卧铺，一个下层的卧铺，因为我知道自己睡不着，而且会常常到外面抽烟。

　　这时候，车厢里就只有我一个人。

　　渐渐地，车厢里挤了愈来愈多的人：一个老太太、两个年轻女孩，和一个年纪与我相仿的男人。我走出车厢，来到走廊上抽烟，凝视夜色。凌晨两点，我在卧铺上躺下。我想我是睡了一会儿。

　　一大早，火车到达了另一个大车站。在等车的三个小时里，我在车站的一间自助餐厅喝了几杯咖啡打发时间。

接下来搭乘的是来自我家乡的火车。车上的乘客很少。座椅坐起来很不舒服，窗子很脏，烟灰罐里塞满了烟蒂，地板黑黑黏黏的，厕所也几乎不堪使用。这里没有餐车，也没有餐点推车。乘客们各自取出自己准备的午餐，吃完了就把油腻腻的纸张和空瓶子留在窗台板上，或是丢弃在地板上和座椅上。

乘客之中，只有两个人用老家的语言交谈，我只是在一旁听，却没和他们搭话。

看着窗外的景致一幕接着一幕变换。火车驶出山区，进入一片平原。

我的病痛又开始发作了。

我没喝水就吞下平常吃的药。我没想到要带瓶饮料在身上，但是又极不愿意去向其他乘客要水喝。

闭上眼睛，我知道就快接近边界了。

边界到了，火车停止前进。一些边界卫兵、海关人员和警察上了火车。他们要我出示证件，然后瞥了我一眼，面带微笑将证件还给我。相反的，那两个说家乡话的乘客被询问了许久，还被检查了行李。

火车又启动了。但是接下来的每一个车站，就只有一些当地人上车。

从外国驶进来的火车不在我的故乡小镇停靠。我离边界愈来愈远，最后到达了小镇的邻城，这座邻城比故乡小镇大。我很快就可以搭上转站列车。车站人员指了一列红色小火车给我看，那是由三节车厢串联而成的，在第一月台每小时开出一班前往小镇。我看着那列火车驶开。

走出车站，我拦了一辆出租车直达旅馆。我进入房间，一躺下来，立刻就睡着了。

一醒来，我拉开窗帘。这是面西的窗子。我记忆中的小镇山岭那头，夕阳正逐渐西沉。

每天，我都到火车站眺望那班红色列车来了又走，然后就到镇上散散步。晚上，就待在旅馆的酒吧里喝酒，或是到镇上其他酒吧和一些陌生人一起喝酒。

我的房间外有个阳台，我常搬张椅子坐在那儿。现在，天气开始转热了。坐在阳台上，我看到的是一片广阔的天空，四十年来我从未见过如此的景致。

在这个镇上，我散步的距离愈来愈远，甚至出了镇上到郊外去。

我沿着一面由石块和金属组合成的墙壁走。在这道墙的后面，有鸟儿的叫声。一抬头往上看，我发现栗树枝干上的叶片全都掉光了。

这里有一扇开启的铁门，我走进去，坐在一块位于入口附近的满布青苔的大石头上。我们都称这块大石头为"黑岩"，但是它从来就不是黑色的，倒比较接近灰色或蓝色。而今，这块大石头已完完全全变成绿色了。

我环视这座公园，我还认得它。还认得在公园深处那幢高大的建筑物。这些树也许还是原来的那些树，但这些鸟儿一定不是。这么多年过去了，一棵树能活多久？一只鸟儿能活多久？我无法想像。

至于人又能活多久呢？我觉得似乎是永远，因为我看见那个康复中心的女院长走过来了。

她问我："先生，您在这儿做什么呢？"

我站起身来对她说："我只是看一看而已，院长女士。我小时候曾在这里生活过五年。"

"什么时候的事？"

"将近四十年前的事。四十五年了。我还认得您。您是康复中心的院长。"

她怒吼道："真放肆！先生，你可知道四十年前我甚至还没出生呢！不过我老远就可以认出谁是好色之徒了。你快滚吧！否则我叫警察来。"

我走了。回到旅馆，在酒吧里和一个陌生人喝酒。我告诉他关于我和那个院长的事情。

"这当然不是同一个人，另外那个人应该已经死了。"

我这个新朋友举起酒杯继续说："我的结论是，这两位女院长的年龄我们撇开不提，或许她们的面貌很相近，也或许是她们两个人都很长寿，我看就明天吧，我陪你到那家康复中心去，你可以到处随意参观。"

第二天，那个陌生人来旅馆找我，陪我搭车到那家康复中心。就在进去之前，他在大门口对我说："你知道吗？你看到的那个老太太，确实是那个女院长，只不过在这里或是在别的地方她都不再是院长了。这是我从可靠的渠道打听出来的。而你说的康复中心，现在已经是老人收容所了。"

我说："我只是想看看这里的宿舍和公园。"

那棵胡桃树还在那里，但是我总觉得它衰老了许多，就快枯萎死掉了。

我对那个同伴说道："我的树快死了！"

他说："别这么多愁善感，所有的东西到最后都会死的。"

我们进入那幢建筑物，经过走廊，接着走向一间房间。四十年前，这个房间曾经是我和其他许多小孩共同使用的。我在门槛边停下来往里面望。什么都没变，十二张左右的床。白色的墙壁、白色的空床，即使是在以前的这个时刻，这些床上也总是没有人。

我跑上楼，打开了那间我曾被关了几天的房间。那张床还在那里，摆在同样的位置。也许是同一张床吧？

一位年轻女子送我们到门口，她说："这里原有的一切都被炸毁了，但是后来又重建起来。就和从前一样，这里的一景一物全都和从前一样。这幢大楼实在是太美了，是不该改变它的。"

一天中午，我的病又发作了。我回到旅馆服药，将行李打包后就到柜台结账，然后叫了一辆出租车。

"到火车站。"

出租车停在车站前，我告诉司机：

"帮我买一张到 K 镇的车票，我生病了。"

那司机说："这不是我分内的事，我已经把你载到车站了。这样还不够吗？快下车！你生不生病不干我的事！"

他把我的行李放到人行道上，然后打开我座位旁的车门。

"出来，快从我的车里滚出来！"

我从皮夹里掏出外币交给他。

"拜托你！"

那司机走进车站，然后带着我的车票走出来。他扶我下车，帮我提行李，陪我走到第一月台，和我一起等火车。当火车进站时，他扶我上车，把行李放在我身旁，然后嘱咐查票员要多照顾我。

火车启动了。车厢里几乎没人。这里是禁止吸烟的。

我合上双眼，疼痛已减轻不少。火车几乎是每十分钟就停一站，这些我都知道。因为在四十年前，我就曾经经历过这样的旅程了。

在抵达小镇车站前，火车中途停了下来。一个修女拉扯我的手臂，摇动我，但我却毫无反应。于是她跳下火车跑开了。她俯卧在田野上。所有的旅客也都跑了，都俯卧在田野上。车厢里就只剩下我一个人。几架飞机以编组队形从我们上空飞过，它们用机枪扫射这列火车。当一切再度恢复平静时，那个修女也回到车上。她给了我一巴掌。火车又开始启动。

我睁开眼睛。就快到站了。我首先看到的是那座山上飘浮的银白色云朵，接着出现的是城堡上的塔楼，还有许许多多教堂的钟楼。

四月二十二日，离开这里四十年之后，我又再度回到孩提时的小镇。

车站未曾改变，只是比以前更干净，还装饰了一些花。以前这附近就开着这样的花朵，但是我不知道这些花叫什么名字，也从未在其他地方看到过。

我记得巴士是从火车站出发的。就在这时候，有一辆巴士开走了，上面坐的是几个刚刚才下火车的乘客和车站对面工厂里的工人。

但是我没搭那班巴士。我站在车站前，将行李摆在地上。我看着车站前那条街道两旁的栗树，那条街道可以通往小镇中心。

"我能为您提行李吗，先生?"

一个约莫十岁左右的男孩站在我面前。他说:

"您没赶上那辆巴士，下一班距离现在还有半个小时。"

我对他说:"没关系，我走过去。"

他说:"您的行李好重哦!"

他稍稍提起我的行李，就没再放手了。

我笑着说:"对呀，很重，你没办法提这么远的，我很清楚。我以前就做过这种工作。"

那男孩放下行李说道:"噢? 是吗? 什么时候?"

"在你这个年纪的时候。很久以前了。"

"在哪里?"

"就在这里，在这个车站前。"

他说："我提得动这个行李！"

我说："好吧！但是先给我十分钟，我想一个人走走。你就慢慢赶上来吧！我不急！我会在'黑公园'等你，如果那个地方还在的话。"

"是的，先生，它还在。"

"黑公园"是座位于栗树街道尾端的小公园，除了四周围绕的栅栏之外，没有任何东西是黑色的。我坐在长椅上等那男孩。他很快就赶到了，他把我的行李放在对面的另一条长椅上，然后气喘吁吁地坐下来。

我点了一根烟问他："你为什么要做这个工作？"

他说："我想买一辆脚踏车，一辆越野脚踏车。可以给我一根烟吗？"

"不行，我不能给你烟。我没有多少日子可活了，主要就是因为抽烟，你也想因为抽烟而死吗？"

他对我说："不管怎么死，都会有原因……就算不因这件事而死，也会因另一件事而死，所有的学者都说……"

"那些学者说什么?"

"说这个世界完了，而且无可救药。现在怎么补救都来不及了。"

"你这些话是从哪儿听来的?"

"到处都听得到,学校啊,特别是在电视上。"

我扔掉香烟。

"反正你就是不可以抽烟!"

他对我说:"你好凶啊!"

我说:"没错,我很凶,那又怎么样?这个镇上有没有旅馆?"

"当然有,有好几家。你不知道吗?可是你好像对这个小镇很熟。"

我说:"我住在这里的时候还没有旅馆,一家也没有。"

他说:"这么说,应该是很久以前啰?在中央广场那有一家非常新的旅馆,叫做'大酒店',因为它是最大的旅馆。"

"走吧!"

在那家旅馆前,小男孩将我的行李放了下来。

"先生,我不能进去。那位接待小姐认识我,她会告诉我妈妈。"

"说什么?帮我提行李的事吗?"

"是的。我妈妈不让我提行李。"

"为什么?"

"我不知道。她不让我做这种事,她只要我念书。"

我问他："你父母是做什么的？"

他说："我只有母亲，没有父亲。我从来就没有父亲。"

"那么你母亲是做什么的？"

"她正好就在这家旅馆工作，一天得洗刷两次瓷砖地板。但是她很希望我能成为一个学者。"

"哪方面的学者？"

"这方面的事她不懂，因为她不知道学者是做什么工作的。我认为她想到的可能是教授或医生。"

我说："好吧！这要多少钱？"

他说："先生，看您的意思。"

我给他两枚硬币。

"这样行吗？"

"行，先生。"

"不行！这样怎么行！你从车站提这么重的行李到这里，还付你这么少的钱！"

他说："先生，人家付我多少钱我就拿多少。我没有权利要求更多。而且，我有时候还会免费为一些穷人提行李。我喜欢这个工作，喜欢在车站等候，喜欢和那些到达这个镇上的人见面。我认识镇上所有的人，就算没说过话，看到脸我也认识。我喜欢看到那些从外地来的人，就像您一样。您是远方来的吗?"

"对，很远的地方。从另一个国家来的。"

我给了他一张钞票后，就走进旅馆。

我选了角落的一间房间，从这个房间的窗口可以看到整个大广场，还有教堂、杂货店、商店和文具店。

现在，晚上九点。广场上空荡荡的。家家户户都点亮了灯火。有人闭上铁窗，有人放下百叶窗，也有人拉起窗帘。就剩下空荡荡的广场。

我选了屋里几扇窗子中的一扇站在前面，眺望广场，眺望房子，直到深夜。

小时候，我常常梦想能住在中央广场旁的一间屋子里，无论哪一间都好。但是，最好是那间蓝色的房子，就是以前在那里，现在也还在那里的文具店。

然而，我却不曾住过这个小镇，只住过"外婆"那一间破烂不堪的小房子。那里距离镇中心很远，位在小镇的边缘，国界的附近。

在外婆家，我和她一样从早到晚都在工作。她供我吃，也供我住，但从不给我钱。可是我需要钱，我可以用钱买肥皂、牙膏、衣服和鞋子。于是，一到了晚上，我就到镇上的酒吧里表演口琴。白天我叫卖一些从林子里捡来的木柴、蘑菇、栗子，还卖一些从外婆那儿偷来的鸡蛋，而且很快就学会了钓鱼，再把鱼卖了。另外，我还帮随便什么人做各种事情，传送消息、信件、包裹。大家都很信任我，因为他们都认为我是个聋哑人。

刚开始，我都不说话，即使对外婆也一样。但是为了讨价还价，在短时间内，我就不得不说出一些数字。

晚上，我常到中央广场闲逛。透过文具店的玻璃窗，可以看到白纸、小学生的练习本、橡皮擦、铅笔，这些东西对我而言都太贵了。

为了多赚点钱，每次只要一有机会，我就会跑到火车站去等那些旅客，帮他们提行李。

这样一来，我就能买一些纸、笔、橡皮擦和一本大笔记本了。在大笔记本里，我写下了我的第一个谎言。

外婆死了几个星期之后，有几个人没敲门就走进我家。他们一共三个人，其中一个人身穿边界守卫的军服，其他两个人则身穿便服。这两个人中的一个什么也没说，只是记东西，他很年轻，年龄和我相近；而另一个人有白头发，就是他问我问题的。

"你从什么时候就住在这里了？"

我说："我不知道，医院被轰炸之后我就来了。"

"哪一家医院？"

"我不知道，是一家'中心'。"

穿军服的男子打岔说道："当我接管这个地区的指挥权时，他就已经住在这里了。"

穿便服的白发男子问他："那是什么时候的事？"

"三年前。但是他在我之前就已经来了。"

"你怎么知道？"

"这明眼人一看就知道。只要看他在房子四周工作的情形，就很明显知道他一直在这儿生活。"

那白发男子转身问我："你和那位 V 夫人，也就是玛莉亚·Z 有血缘关系？"

我说："她是我外婆。"

他问我："你有什么证件可以证明你们的血缘关系？"

我说："没有，我没有任何证件，只有从文具店里买来的纸。"

他说："就这样了，记下来！"

那年轻男子开始写着："旧姓为玛莉亚·Z 的玛莉亚·V
夫人，在过世之后无继承人，因此，她所有的财产，包括她
的房子和土地，均将纳为国有财产，供 K 镇当局自由使用。
对她而言，将财产交给 K 镇管理，似乎更能发挥效用。"

这些人站起来，我问他们："我该怎么办？"

他们互看了一眼，穿军服的男子说道：

"你必须离开这里。"

"为什么？"

"因为这屋子不是你的。"

我问道："我什么时候必须搬出去？"

"我不知道。"

他看着那位穿灰色便衣的男子，那男子说道："我们会尽
早通知你。你几岁了？"

"快十五岁了。我不能在番茄还未成熟时就离开。"

他说："当然，说的也是，等番茄熟了……你只有十五
岁？那么，应该不会有问题。"

我问道："我该上哪儿去？"

他沉默了一会儿，然后望向穿军服的男子，那男子也回
看他一眼。接着，他垂下眼睛说道：

"别担心，有人会照料你。请放心！"

那三个男子回去了。为了不发出声音，我沿着草地跟在他们后面。

那个边界守卫说道："你就不能让他静一静吗？这个小伙子很不错，而且工作勤奋！"

穿便服的男子说道："问题不出在这儿，事关法律问题。V女士的那块地现在是公家的地，而那个小伙子毫无权利住在上面快两年了。"

"这又碍着谁了吗？"

"是没碍着谁。但是……喂！你干吗这么袒护那个小无赖？"

"三年来，我看着他照料他的院子和那些牲畜，而且他也不是无赖。总而言之，没有比你更无赖。"

"你敢说我是无赖？"

"我从来就没这么说过，我只是说他比不上你而已。而且，我才不管你跟他的事呢！再过三个礼拜，我就要被遣散回去照顾我的园子了。倒是你啊，先生，如果你让这个男孩无家可归的话，你会良心不安的。晚安，好好睡吧！"

那个穿便服的先生说道："我们不会让他无家可归，我们会照顾他的。"

他们走了。几天后，他们又来了。一样还是那个白发男子和那个年轻男子，另外还跟来一个女人。这个上了年纪的女人戴了一副眼镜，长得很像"中心"里的那个女老师。

她对我说："好好听我说！我们不想伤害你，我们只想照顾你。你跟我们一起到一栋很漂亮的房子去，那里有一些和你一样的小孩。"

我对她说："我已经不是小孩了。我不需要别人照顾，也不想再到医院去。"

她说："那里不是医院，你可以在那里读书啊！"

我们在厨房里。那个女人在说话，我没听进去。那个白发先生也在说话，我也同样没听进去。

只有那个年轻人记下一切内容，什么也没说，他还是一样，看都没看我一眼。

在他们离去前，那个女人说："别担心，我们会陪着你的。不久之后，一切都会更好。我们绝对不会丢下你一个人不管，我们会照顾你，会救你的。"

那个白发男子又说："今年夏天我们还会让你待在这儿，要等到八月底才会有人来拆房子。"

我很害怕，害怕去那栋他们会照顾我、会救我的房子。我一定要离开这里……我问自己，我到底可以到哪儿去？

我买了一张全国地图和一张首都街道图。我每天都到车站去看时刻表，打听到各个城市的票价。我身上只有一点钱，也不想动用外婆留下来的遗产。她生前曾经警告过我：

"没有人知道你拥有这些东西。万一让别人知道的话，他们就会来询问你，把你关起来，也会夺走这一切。千万别说实话，假装听不懂别人的问题。如果有人当你是白痴，那就更好了。"

外婆的遗产就埋在屋前长凳的正下方，装在一只麻布袋里，里面有几件珠宝和一些金币、银币。如果我想卖掉这些东西，就会有人指控我盗窃。

我在车站遇见那个想穿越边界的男子。

时值入夜，那个男子在车站前伫立，两手插在口袋里。其他的旅客都已经离开了，站前的广场很冷清。

那个男子对我做了一个手势要我过去，我走向他，他没提行李。

我说："通常我都会帮旅客提行李，但是我没看见你的行李。"

他说："没有，我没带行李。"

我说："如果我能帮你做其他的事……我看你是外地人吧?"

"你怎么看出我是外地人的?"

我说:"我们镇上没人会像你这样一身打扮。而且这个镇上的居民都是同一张脸孔,很熟悉、很普通的一张脸。我们镇上的人,就算我不认识,也认得出是不是镇上的人。只要有外地人,我们一眼就可以认得出来。"

那男人看看四周说道:"你想他们是不是也已经认出我来了?"

"当然啰!可是如果你的证件合乎规定,那就没多大关系。明天早上你把证件交到警察局,然后你想待多久,就可以待多久。这里没有旅馆,但是我可以告诉你哪里有房间可以出租。"

那男人对我说:"跟我来!"

他往镇上走去,但是走的并不是主道,而是向右转进入那条尘土飞扬的小径,然后坐在两处荆棘丛之间。我挨着他坐,我问他:"你想躲起来?为什么?"

他问我:"你对这个小镇熟不熟?"

"熟得很!"

"边界呢?"

"也一样!"

"你的父母呢?"

"我没有父母。"

"他们死了吗?"

"我不知道。"

"你住谁家?"

"住我家。那是外婆的房子，她已经死了。"

"你和谁一起生活?"

"就我自己一个人。"

"你家在哪里?"

"在镇上的另一端，边界附近。"

"你能不能收留我一个晚上，我有很多钱。"

"好吧! 我可以收留你。"

"你知不知道到你家要走哪些路、哪些通道，我们才不会被发现?"

"知道。"

"走吧! 我跟着你。"

我们从一些房舍的后面走到镇郊。有时候，我们必须翻越篱笆或是栅栏，有时候也必须穿过花园和私人庭院。夜色已暗，那男子跟在我后面未发一语。

到达外婆家时，我赞美他说:"虽然你已经这把年纪了，没想到那么轻松就可以跟上我。"

他笑了:"我的年纪? 我只有四十岁，而且我还打过仗呢！我能不声不响地穿越城市。"

过了一会儿，他又说："你说得对，我现在是老了。我的年轻岁月已经被战争吞噬了。你有什么东西可以喝的吗？"

我把一瓶白兰地放在桌上，说道："你想越过边界，是吗？"

他又笑了："你怎么猜到的？有东西可以吃吗？"

我说："我可以煎蘑菇蛋卷给你吃。我还有一些羊奶酪。"

我做饭时，他在喝酒。

我们一起吃饭。我问他："你是如何进入边境区的？到我们镇上得要有特别通行证才行。"

他说："我有个姐姐住在这个镇上，我申请要到这里探视她，结果申请批准了。"

"但是，你还没去看她啊！"

"不，我不想给她惹烦恼。喏，把这些都丢进你的炉里烧掉！"

他把身份证和一些证件交给我，我将它们全都扔进炉子里。

我问他："你为什么要离开？"

"不关你的事！告诉我该怎么走，我要拜托你的就只有这件事。呃……我把我所有钱都留给你。"

他把钞票放在桌上。

我说："你留下这笔钱算不上是多大的牺牲。就算你带在身边，这些钱在对面那个国家一点价值都没有。"

他说："但是，在这里，对于一个像你这样的小家伙会很有用处的。"

我把那些钞票扔进炉火里。

"我才不这么贪钱。在这里，该有的东西我都有了。"

我们看着燃烧中的钞票。我说："想越过边界的话，就必须冒生命危险。"

那男子说："这个我知道。"

我说："你也知道我立刻就能检举你吧？对面有个边界军事基地，我和他们合作，我是他们的眼线。"

那男子脸色惨白，说道："眼线……你这个年纪？"

"这跟年纪无关。我以前就检举过很多想要穿过边界的人。只要是经过林子的人，我一看到就会检举。"

"但是……这是为什么？"

"因为那些卫兵有时会派卧底份子来，看看我是不是会向他们告发。直到现在为止，我还是得检举那些人，不管他们是不是卧底。"

"为什么是直到现在呢?"

"因为明天我要和你一起穿越边界,我也想离开这里。"

第二天,将近中午时,我们跨越边界。

那男子走在我前面,他的运气很不好。在第二道栅栏附近,地雷爆炸了,那男子被炸翻了。我就在他后面,所以很安全。

我注视着那座空空荡荡的广场直到深夜。最后，我终于上床睡觉，结果做了一个梦。

我走向河边，我的兄弟在那儿，他坐在河边土堤上钓鱼，我坐在他身旁。

"钓到不少了吧？"

"没有，我在等你。"

他站起来，把拐杖放一边。

"已经有好长一段时间这里不再有鱼，甚至水也快干枯了。"

他捡起一颗小石子，丢向暴露在干枯河床上的其他石块。

我们朝镇上走去。我在一间有绿色百叶窗的屋子前停下来，我的兄弟说道：

"没错，这是我们的家，你还记得。"

我说："我还记得，但是这个屋子以前不在这里，是在另一个镇上。"

我的兄弟纠正说："它以前是在另一个世界里，如今则在这里，只不过现在变成空空荡荡的。"

我们来到中央广场。

在文具店门前，有两个小男孩坐在通往公寓的楼梯上。

我的兄弟说："这是我的孩子，他们的妈妈离开了。"

我们走进那间大厨房里，我的兄弟做晚餐，孩子们低下头静静吃着，一句话也没说。

我说："你的儿子们很幸福。"

"是很幸福。我去哄他们睡觉。"

当他再回来时，他说："到我房里去。"

我们进入一间大房间，我的兄弟拿出一瓶藏在书柜里书本后面的酒。

"就剩这些了，酒桶空了。"

我们喝酒。我那兄弟抚摸桌上一个红色长毛绒玩具。

"你看，一点都没变。所有东西我都保存下来，即使是那块丑陋的桌布也一样。明天你可以住那间房子。"

我说："我不想去，我宁可和你的孩子们玩玩！"

我的兄弟说："我的孩子们不玩游戏。"

"那他们都做些什么？"

"他们都做些要经历人生的准备。"

我说："我经历了人生，却什么也没发现。"

我的兄弟说："是没有东西可以发现。你都在找寻什么？"

"就是你。为了你，我才回来。"

我的兄弟笑说："为了我？你很清楚，我只不过是你的一个梦而已。要接受事实，这里什么东西也没有，任何地方都一样。"

我感到有些冷，站起身说道："很晚了，我得回去了。"

"回去？哪里？"

"回旅馆去啊！"

"哪一家旅馆？你已经待在自己的家了呀！我要带你去见我们的父母。"

"见我们的父母？他们在哪里？"

我的兄弟指了一道褐色的门，那道门通向公寓里的另一间房间。

"他们就在里面，正在睡觉。"

"两个人一起吗？"

"一如往常。"

我说："不要吵醒他们。"

我的兄弟说："为什么不？这么多年以后还能见到你，他们会很高兴。"

我面向那道门后退。

"不！我不想，而且我也不能再见到他们！"

我的兄弟抓紧着我的手臂说："你不想？你不能？那我

呢？我天天都见到他们。你至少要见他们一次，只要一次就好！"

我的兄弟把我拉向那道褐色的房门，于是我用另外一只手抓起桌上那只沉甸甸的玻璃烟灰缸，往他颈背上敲下去。

他的额头撞到房门，他跌倒了，倒在地板上，满头都是血。

我走出那屋子，坐在一张长凳上。一轮巨大的明月，照亮那座空荡荡的广场。

一个老人在我面前停下来，向我要根烟。我给他烟和火。

他站在我面前抽烟。

过了一会儿，他问道：

"这么说来，你杀了他？"

我说："是的。"

那老人说："你做了你必须做的事。很好！很少有人能做自己该做的事。"

我说："因为他想打开那道门，我实在没有其他办法了。"

"你做得很好，你阻止得很好。本来就该杀他。因为这么做才可以让一切都回到正轨上，让一切事物都恢复原有的秩序。"

我说："不过他已经不在那儿了。我根本就不在乎所谓的'正轨'，所以他以后再也不会出现了。"

那老人说："你这么想就错了，他随时随地都会跟在你身边。"

那老人离开了，他按了一间小屋子的门铃，然后走进去。

当我醒来时，广场上早已热闹很久了。广场上人来人往，有些人徒步，有些人骑自行车，还有稀稀落落的几辆汽车。商店开门了，那家文具店也一样。在旅馆的走道上，有人正在使用吸尘器。

我打开房门，唤了一位女仆：

"能不能给我送一杯咖啡过来？"

她转过身来，是个拥有一头乌黑秀发的年轻女子。

"先生，我无法为客人端餐饮进房间，我只是做清洁。我们不做客房服务，我们旅馆里有餐厅和酒吧。"

我回到房里，刷牙、洗澡，然后再躺回毯子里。我觉得好冷。

有人敲我的房门。那个女仆走进来，端了一只盘子，放在床头桌上。

"如果你愿意的话，就到酒吧付咖啡钱吧！"

她倒在床上，躺在我身边，然后送上她的唇，我别过头去。

"不行，我可爱的朋友，我老了，而且生病了。"

她起身说："我很穷，这个工作的待遇也不好。我很想买一辆越野自行车送给我儿子当生日礼物。而且，我也没有丈夫。"

"我了解。"

我给她一张钞票，也不知道是太少了还是太多了，我还不习惯这个国家的币值。

下午三点左右，我走出旅馆。

我在街上漫步，半个小时后，依旧来到了镇上的另一端。在原来外婆房子的土地上，有一座设备完善的运动场，一些小孩在那儿玩耍。

我在河边坐了很久，然后回到镇上。我经过旧市区，进入城堡附近的小巷道，然后登上墓地，但是我找不到外婆的坟墓。

接连好几天，我就是这样在镇上的大街小巷溜达好几个小时。尤其在那些窄巷里，那儿的房子深陷到地面下，窗子和地面平齐。有时候，我会到公园里的长椅上、城堡的矮墙上，或是墓地里的坟墓上坐一坐，肚子饿了就随便走进一家小酒吧，那儿有什么，就吃什么。然后，我会和一些工人喝上几杯，他们都是一些单纯朴实的市井小民。没人认得我，也没人记得我。

有一天，我到那家文具店去买纸和笔。我儿时岁月里的那位胖先生已不在那儿了，现在换成了另外一个女人在那里看店。她坐在一张扶手椅上，就在那扇面对花园的落地窗边，正在打毛线。她对我微笑。

"你好面熟哦！除非你太晚回来而我也睡了，否则我每天都会看见你在那家旅馆进进出出的。我住在文具店的楼上，喜欢眺望广场的夜色。"

我说："我也是。"

她问道："你是来这里度假的吗？要住很久吗？"

"没错，几乎可以这么说，我是来度假的，而且我希望能待愈久愈好，这都得看我的签证，还有我的钱够不够用。"

"签证？你是外国人？不太像嘛！"

"我小时候就住在这个镇上，而且我也在这个国家出生。但是长久以来我一直都住在国外。"

她说："我们国家现在变得很自由，有不少外国人来这里。他们都是以前离开此地，革命后再以观光的名义回来探亲，不过大部分人都是来这里观光游玩和看风景的。这个地方愈来愈有朝气了，大型观光巴士一辆接着一辆驶进来，里面都坐满观光客。这样一来，我们这个小镇是愈来愈热闹了。"

事实上，旅馆里的人也愈挤愈满了。每周六总会有人开舞会，有时甚至还持续到凌晨四点钟。我无法忍受那些音乐，还有那些人群玩乐时发出来的笑闹声。

因此，我就离开旅馆走到街上去，带着一瓶事先在白天就已经买好的酒，坐在长椅上等候。

一天晚上，一个小男孩坐在我旁边：

"先生，我可以和您坐在一块儿吗？晚上我有点怕！"

我认得那个声音，是那个在我到达的那一天帮我提行李的小男孩。我问他：

"这么晚了，你在这里做什么？"

他说："我在等我妈妈。只要有舞会，她都得待到很晚，要帮忙招待，还要洗碗盘。"

"那又能怎样？你只要待在家里安心睡觉就好了。"

"我无法安心睡觉。我害怕我妈妈会发生什么事，我们住在很远的地方，我不能让她在黑夜里一个人走。有些男人会攻击那些独自一个人走夜路的女人，这些事情我在电视上都看过了。"

我们坐在那儿等候。翌日,旅馆里面静下来了。一个女人走出来,她就是每天早上替我端咖啡的那个女人。小男孩跑向她,他们手牵着手一起离开。

其他那些人走出旅馆之后,很快就离开了。

我上楼回到房里。

第二天,我去找文具店的女老板:

"我无法在旅馆待下去了。那儿不但人多,而且很吵。你有没有认识的人可以租给我房间?"

她说:"我看,就住我家吧!就在这里的楼上。"

"那会打扰到你。"

"当然不会!我就要去我女儿家住了,她家离这儿不远。这整层楼就是你的了,有两间房间,还有厨房和浴室。"

"这样要多少钱?"

"你住旅馆要多少钱?"

我回答她之后,她轻轻笑了一笑。

"这是订给观光客的价钱,我可以租给你这个价格的一半,而且打烊之后,我还会替你收拾房间,反正那几个小时你都待在外头,这么做应该不会打扰到你吧?要不要先看看房间?"

"不用了，我想一定很适合我。什么时候可以搬过来？"

"如果你愿意的话，就从明天起吧！我只带走一些衣服和私人物品就行了。"

第二天，我打包好行李，结完旅馆住宿费，正好在打烊之前到达文具店。女老板递给我一把钥匙。"这是大门的钥匙。可以直接从店里上到二楼，你就走另外那道面对大街的门，我会指给你看的。"

打烊之后，我们就沿着窄小的楼梯上楼，走到楼梯平台，由于两扇面向花园的大窗采光，那儿被照得亮晃晃。文具店女老板向我解释：

"左边那道门是寝室房门，它的对面是浴室。第二道门是客厅门，经过那儿也可以通到寝室。最里面那间是厨房，厨房里有冰箱，我在冰箱里放了一些食物。"

我说："我只需要咖啡和酒，我通常都在酒吧里用餐。"

她说："那里的餐点都不卫生。咖啡就放在架子上，冰箱里有一瓶葡萄酒。我不吵你了，希望这里会令你满意。"

她走了。我立刻打开那瓶酒，留着明天喝。我走进客厅，这个大房间的摆设很简单，两扇窗子间有一张大桌子，上面铺了一块红色的绒毛桌布，我立刻把我的纸和笔摆在上面，然后走进寝室。这个房间很窄，只有一扇窗，说得更确切一点，该说是一扇面对阳台的落地窗。

我把行李放在床上，然后把衣服整齐地放在空衣橱里。

那天晚上，我没出门。就待在客厅里的一扇窗前，坐在一张老旧的扶手椅里把酒喝光了。我远眺那座广场，然后就上床睡觉，那张床有肥皂味。

第二天，十点左右才起床，我发现厨房的桌上摆了两份报纸和一锅蔬菜浓汤。我先冲咖啡，然后一边看报纸一边喝，而那锅浓汤我后来才喝，那是在出门前，接近下午四点的时候。

文具店的女老板并不来烦我。只有在我下楼找她时才见得到她。当我不在屋子里时，她就进来清理这屋子，还带走我的脏衣服，然后将干净熨过的衣物拿回来。

时间过得很快。我也该到邻镇的郡政府办理我的签证延期手续了。一位年轻女公务员在我护照上面盖了"延期一个月"的章。我付了钱，向她道谢，她对我笑一笑说道：

"今天晚上我会到'大酒店'的酒吧。那儿很好玩，有很多外国人，在那里你会遇到一些同乡。"

我说："我或许也会去！"

我立刻搭上那班红色列车，回到我镇上的那个家。

下个月，那位年轻女子不再像以前那样亲切了，她什么话也没说，就只是在我的护照上盖章。然后，到了第三次（第三个月），她冷漠地提醒我，想再办理第四次延期加签是不可能的。

将近夏末之际，我身上几乎没几个钱了，看来只得省着点儿花。我买了一支口琴，然后就像小时候那样到酒吧里吹奏。那些客人请我喝酒。至于三餐，我倒是挺乐意吃文具店女老板为我煮的蔬菜浓汤。到了九月、十月，我几乎付不出房租了。女老板也没向我催讨，她仍然继续清理房子，替我洗衣服，为我带浓汤。

我不知道该怎么办，但是我不愿意回到另外的那个国家。我必须待在这里，必须死在这里，就在这个镇上。

自从来到这里之后，我的病痛就未曾复发，尽管我过度喝酒，过度吸烟。

十月三十日，我的生日，我和酒友们在镇上最受欢迎的一家酒吧里庆祝。他们所有人都请我喝酒。成双成对的人们，随着我的口琴乐声起舞，一些女人亲吻我。我醉了，我开始谈我的兄弟。虽然每一回我都喝得烂醉如泥，但这是我第一次提起我的兄弟。后来镇上的人全都知道了我的故事——我是来找寻曾经和我在这个镇上一起生活到十五岁的兄弟，我一定会在这里遇见他，我在等他。我很清楚，当他知道我从国外回来时，他一定会回到这个镇上。

其实，这整件事的所有内容只不过是个谎言。我相当清楚，在这个镇上，在外婆家的时候，我早就是独自一个人了。即使在当时，也只不过是我在幻想，幻想是两个人，也就是我的兄弟和我，好让自己能熬过那种令人无法忍受的孤独。

接近午夜，那家酒吧才稍微安静下来。我没再吹奏曲子，只是喝酒。

一位衣衫褴褛的老人坐在我对面，他喝了我酒杯里的酒，然后说道："我还清楚记得你们两个人，你的兄弟和你。"

我没有搭腔。另一位较年轻的男子带着一瓶一公升装的酒，摆在我桌上。我要了另一个新的酒杯，我们喝酒。

三人之中最年轻的那位男子问我："如果我找到你的兄弟，你要怎样报答我？"

我告诉他："我没钱了。"

他笑了。

"但是你可以要人从国外寄一些钱过来，外国人都很有钱。"

"我可不！我甚至请不起你喝一杯酒。"

他说："没关系。再来一公升，算我的！"

女侍者拿了酒过来，她说："这是最后一瓶，我不会再让你们喝了。如果再不打烊，警察会来找麻烦！"

那位老人仍坐在我们旁边喝酒，他还不时说道："没错，你们两兄弟我记得很清楚，那时候你们就已经是可恶的家伙了！没错！没错！"

最年轻的那位男子告诉我："我知道你兄弟就藏在森林里，有时候，我老远就看到他了。他看起来就像一头野兽，拿军用毛毯当衣服穿，而且还光着脚丫子走路，甚至冬天里也一样。他都靠吃野草、菜根、栗子或小动物为生。他的头发又灰又长，而且胡子也一样是灰色的。他有一把刀和一些火柴，他自己还卷烟来抽，这一点可以证明。他有时候会利用夜间进城，也许住在墓地那边。靠肉体赚钱的那些女孩儿认识他，她们至少有一个人认识他，或许那个女的偷偷收留过他，给他所需的东西呢！你看怎么样？我们可以组织一个搜索队。如果我们全都动员的话，应该可以逮捕到他。"

我站起身，给了他一拳。"你胡说！你说的根本就不是我兄弟！如果你想逮捕谁，可别来打我的主意！"

我又给了他一拳，他从椅子上跌下来。我掀翻桌子，继续吼叫：

"那不是我的兄弟！"

那位女侍者跑到街上高喊："警察！快叫警察来！"

应该是有人打电话，因为警察很快就赶来了。两位警察走过来，酒馆里顿时一片安静。其中一位警察问道："发生了什么事？不是早该打烊了吗？"

那个挨我好几拳的男子呻吟叫道："他打我！"

有几个人指着我说："就是他！"

警察扶起那男子。

"你就别再装痛了！没受伤嘛！我看你是喝醉了，老毛病不改，最好快回家去！其他人也最好都快回去！"

他转身对我说："我不认识你，我们好像是头一次碰面。给我看看你的身份证！"

我打算逃跑，但是却被那些围在我周围的人给抓住了。

那位警察搜我的口袋，找到我的护照。他检视了很久，然后对他的同僚说："他的签证过期了，已经有好几个月了，我们得将他带走。"

我挣扎，但是他们给我戴上手铐，然后将我带出酒吧来到大街上。我迈着蹒跚的步伐吃力地走着，他们几乎是拎着我直接将我带到警察局。在警察局里，他们解开手铐，要我躺在一张床上，然后顺手将门锁上离开。

第二天早上，警察局的局长对我进行审讯。他很年轻，一头红发，而且还长了满脸的雀斑。

他对我说："你无权在我们国家停留了。你必须离开。"

我说："我没钱搭火车，我已经身无分文了。"

"我会通知你们的大使馆，他们会将你遣送回国。"

"我不想离开这里，我必须去找我的兄弟。"

局长耸耸肩说道："以后只要你想来，随时都可以再来。你甚至可以在这里定居，但是一切都得按照规定办理。我们会通过你们的大使馆，让你知道这些规定。至于你的兄弟，我们会着手处理他的相关问题。你是不是有一些关于他的消息，可以帮助我们寻找到他？"

"有，我有一本他亲笔写的手稿，放在我的住所，也就是文具店女老板家的楼上，在客厅的桌上。"

"那你又是如何拿到这本手稿的？"

"有人以我的名义，把它放在旅馆的服务台。"

他说："奇怪了！真是奇怪！"

十一月的某个早晨，我被传唤到局长的办公室。他叫我坐下，然后将手稿交还给我。

"拿去，还给你。这些只不过是杜撰的故事，而且文章里面也看不到什么关于你兄弟的事。"

我们陷入沉默。窗子开着，外面下雨，天气很冷。最后，局长说：

"连关于你的资料，我们在镇上的档案室里也找不到。"

"当然，因为外婆从未帮我申报过。而且我也从没上过学。但是，我知道自己是在首都出生的。"

"首都的档案在轰炸中全都损毁了。下午两点会有人来找你。"

他迅速追加了这句话。

我把手藏在桌下，因为我的手在颤抖。

"下午两点？今天吗？"

"对。我很抱歉，这件事来得太突然了。我再重申一次，当你想回来，随时都可以回来。最后你也可以在这里定居，许多移民都是这样。我们国家目前属于自由世界，不久，你就不再需要签证了。"

我告诉他："对我来说，到那时就已太晚了。因为我患了一种心脏方面的疾病。我之所以会回来，就是因为想死在这里。至于我兄弟，也许他从一开始就不存在。"

局长说："没错，就是这样。如果你一直继续讲述你兄弟的故事，别人会当你是疯子。"

"你也这么认为吗？"

他摇摇头说："我只认为你把现实和你的作品混淆了。我也觉得你应该回到你的国家，考虑一阵子之后，看看是否要定居再回来。为了你也为了我，希望你能这么做。"

"为了要再下棋吗？"

"不！不只是这样！"

他站起来，握着我的手继续说道："你离开之后，我可能就不在这里了。所以我现在要向你道别。回你的牢房吧！"

我回到牢房里，狱卒对我说："你今天可能就要离开了。"

"嗯，好像是吧！"

我躺在床上等候。到了中午，那个文具店女老板带着一锅浓汤过来。我告诉她我要走了，她哭了。她从袋子里取出一件羊毛套衫对我说："我替你织了这件羊毛套衫，穿上它，天气很冷。"

我穿上这件毛衣说道："谢谢。我还欠你两个月的房租，希望大使馆会拿这笔钱给你。"

"这根本就无所谓！你会再回来的，不是吗？"

"对，如果可能的话。"

她含着泪水离去，应该是去开店门。

狱卒和我坐在牢房里，他说："一想到明天你不待在这儿，我就觉得很不自在。但是你一定得再回来。在你回来之前，我会把你赊的账销掉。"

我说："不行，千万别这样，什么都别擦掉。大使馆的人一到达，我就还你钱。"

他说："不，不行！我们只是玩玩罢了。而且我常常作弊。"

"哦！原来是这样，难怪总是你赢钱。"

"别怨我，我无法克制自己不作弊。"

他深吸一口气，然后擤了擤鼻涕。

"你可知道，如果我生了儿子，我会为他取你的名字。"

我告诉他："给他取我兄弟的名字路卡斯比较好，这样我还比较高兴。"

"路卡斯？这是个好名字，我会告诉我老婆的。也许她不会反对。无论如何，她是不会有意见的，因为在家里一切都由我做主。"

"我相信！"

一位警察到牢房来找我，我和狱卒走到院子里。在那儿有一位穿得很体面的男子，头戴一顶帽子，系了一条领带，还带着一把伞。院子里的铺石在雨中显得闪闪发亮。

那位大使馆人员说：

"车在等我们。我已经把你的账都结清了。"

虽然他说的是我不知道的语言，但是我懂他的意思。于是我指着狱卒说：

"我还欠这位先生一些钱，是有关信誉问题的债务。"

他问道："多少钱？"

他付了钱之后，就抓起我的手臂走向一辆停在建筑物前的黑色大车。一个头戴鸭舌帽的司机打开车门。

车子启动了。我要求那位大使馆人员，能否在中央广场的文具店前停留一会儿。他不解地看着我，我这才知道我是用以前的语言跟他说话，也就是这个国家的语言。

那位司机开得很快，我们通过广场，不一会儿就驶入了车站前的那条路。我的小镇很快就在我们身后远离了。

车子里很暖和，透过车窗，我看着村庄、田野、白杨树和槐洋树从我眼前溜逝，一阵风雨正在吹刮故乡的景致。

突然，我转身对那位大使馆人员说道：

"这不是前往国界的方向，我们走的方向正好相反。"

他说："我们先带你到位于首都的大使馆，过几天再安排你搭乘火车穿越国界。"

我闭上眼睛。

男孩越过边界。

男子走在前头。男孩等待时机。一声爆炸！男孩靠了过去。男子躺在第二道栅栏附近。于是，那男孩冲过去，踩过新的足印，踏着男子的尸体，到达国界的另一边，躲在灌木丛里。

边界守卫的一队人马乘着吉普车赶过来，其中有一名士官长和几名士兵。一名士兵说道：

"可怜的蠢蛋！"

另一个士兵说："错就错在算错了步子，这些人几乎都只跑到那里！"

士官长叫道："别再开玩笑了，把那具尸体带回去！"

士兵们说："尸体？都炸成碎片剩下没多少了！"

"带尸体回去做什么？"

士官长说："辨认身份用。这是命令！得把尸体捡回来。有谁自愿过去？"

士兵们互相对视。

"可能还有地雷呢！过去了就回不来。"

"那又怎样？这是你们的义务。一群胆小鬼！"

一位士兵举手说道："我去！"

"好极了，去吧！好家伙！你们其他人都退后！"

当这位士兵慢慢走到被炸碎的尸块旁边之后，便突然跑了起来。他跑过那男孩的身旁，却没注意到他。

士官长在后面喊叫："混蛋！快拦住他！开枪！"

那些士兵并未开枪。

"现在他在边界的另一边，我们不能向他射击了。"

士官长自己举枪准备射击。这时候，对面出现了两名外国的边界守卫。士官长放下枪，把枪交给一个士兵。他走到尸体的旁边，将尸体扛在背上走回来，然后抛在地上。他用军服衣袖擦了擦脸颊说道："我会跟你们好好算这笔账！该死的家伙！你们简直就是一堆废物！"

士兵们将这具尸体裹在篷布里，然后抬到车台上就走了。两个外国的边界守卫也走远了。

那男孩仍旧一动也不动趴在那儿，他睡着了。清晨的鸟鸣声唤醒了他，他抱起外套和长筒胶靴，往城里的方向走去。他遇到两名边界守卫，这两个人问他：

"喂！你打哪儿来的？"

"边界的另一边。"

"你穿越边界？什么时候？"

"昨天，和我父亲一起。不过他跌倒了，爆炸之后就躺在地上不动。后来，那边的守卫就过来带走了他。"

"嗯，我们知道，但是我们没看见你，那个逃兵也没看见你。"

"我躲起来了，我好害怕！"

"你怎么会说我们的语言？"

"战争期间我跟一些军人学来的。你们说他们会医治我父亲吗？"

那两个守卫双眼低垂说道："一定会的。跟我们走，你一定饿了吧？"

他们送这孩子到城里，将他托给其中一个人的妻子照顾。

"给他东西吃，然后带他到警察局。告诉他们，十一点的时候我们会把相关的报告提出来。"

这个妇人长得胖胖的，一头金黄色的头发，她脸颊红润，而且洋溢着笑容。

她问那男孩："你喜欢牛奶和奶酪吗？我还没做饭呢！"

"是的，夫人，我什么都喜欢。无论什么东西我都吃！"

那妇人把餐点端出来，说道："不行，等一等！先去洗个澡！至少洗把脸、洗洗手。我会把你的衣服洗干净。但是，我猜想你应该没有衣服可以替换吧？"

"没有，夫人。"

"我会替你准备好我先生的衬衫，对你来说是大了一点，不过你只要把袖子卷起来就行了。来，带一条毛巾去，浴室就在那里。"

男孩抱着外套以及长筒靴走进浴室。他洗了澡，来到厨房，吃了面包和奶酪，并且还喝了牛奶。他说："谢谢您，夫人。"

她说："你很有礼貌，也很有教养，而且我们的语言你也说得很好。你的母亲还在那边吗？"

"不，打仗的时候她就死了。"

"可怜的孩子。走吧！我们得到警察局去了。别怕，那里的警察很亲切，是我先生的朋友。"

到了警察局，那妇人对警察说："这是昨天企图穿越边界的那个男人的儿子。我先生在十一点的时候会过来。在批示下来之前，我很愿意照顾这个小家伙。也许该送他回去，他还未成年。"

警察说："再说吧！无论如何，我会再把他交给你让他回去吃中饭。"

那妇人走了，警察递给男孩一张调查表。

"把它填一填，如果有不懂的问题，来问我！"

当男孩交回调查表时，那位警察便高声念道："姓名：克

劳斯。年龄：十八岁。以你这个年龄来说，你长得并不高
嘛！”

　　“因为我小时候生了一场病。”

　　“你有身份证吗?”

　　“没有，一张也没有。在离开前，我父亲和我烧掉了所有
证件。”

　　“为什么?”

　　“我也不知道。大概怕被认出来吧！是我父亲要这么做
的。”

　　“你父亲引爆了地雷。如果你走在他旁边，你也会遭池鱼
之殃被炸死。”

　　“我不是走在他旁边。他告诉我，等他到了国界的另一
边，再远远跟着他走。”

　　“你们为什么要跨越边界?”

　　“这是我父亲的意思。他一直被囚禁，一直被监视，所以
他不想再待下去了。他带我一起离开是因为不想丢下我一个
人。”

　　“你母亲呢?”

　　“战争的时候被炸死了。后来，我就和外婆一起生活，但
是她也死了。”

"这么说，你已经没有熟人在那边啰？换句话说，没有任何人能为你求情了。如果你犯了罪，也只有对面的政府可以代你出面保护你的权利了。"

"我并没有犯什么罪。"

"嗯，这也只有等候上级的裁决。在这段期间里，你不可以离开这个镇。过来，在这里签名。"

在男孩签名的那份调查书上，内容里有三个部分是谎话。

和他一起穿越边界的那名男子不是他父亲。

那男孩还未满十八岁，他只有十五岁。

他也不叫克劳斯。

几个星期后，当地的一个男子来到边界守卫的家中拜访。他对男孩说：

"我是彼得·N。今后，由我来照顾你。这是你的身份证，只缺你的签名。"

男孩看着那一张卡片，他的出生年份提前了三年。名字是克劳斯，而他的国籍则是"无国籍"。

同一天，彼得和克劳斯搭乘巴士到城里。途中，彼得问了一些问题。

"克劳斯，你以前是做什么的？是学生吗？"

"学生？不，我在自己家的院子工作，照料那些牲畜，在酒吧里吹奏口琴，替旅客提行李。"

"那么你以后想做什么?"

"我不知道，没什么特别打算。为什么非得要做事呢?"

"因为必须赚钱过活。"

"哦，这个我知道，因为我也一直这么做。只要能多赚点钱，我什么工作都愿意做。"

"多赚点钱？无论什么工作都做？其实你可以申请一笔奖助学金，然后去接受高等教育啊!"

"我不想上学念书。"

"可是，你必须读点书，好好学习语言。虽然你已说得够好了，但是同样也必须学会读书、学会写字。你将会和其他学生住在少年之家，你会有自己的房间，还会上一些语言课程，然后就再看看吧!"

彼得和克劳斯在一座大城市里的旅馆过了一夜。到了早上，他们搭火车到一座更小的城市。这个城市坐落在湖泊和森林之间。少年之家位于靠近市中心一座花园中央的斜坡路上。

一对夫妻前来接待，他们是院长和院长夫人。克劳斯被带到他将住下的房间，窗子面对花园。

克劳斯问道:"谁照顾花园?"

院长夫人说："是我，但是孩子们帮了我很多忙。"

克劳斯说："我也会帮你忙。这儿的花很漂亮。"

院长夫人说："谢谢你，克劳斯。在这里你有完全的自由，但是最晚得在晚上十一点回来。房间就要自己清理了，你可以向管理员借吸尘器。"

院长说："如果你有任何问题，就来找我。"

彼得说："怎么样？对这儿还满意吧，克劳斯？"

他们又带克劳斯参观餐厅、浴室和育乐厅，还将他介绍给那儿的小女孩、小男孩们认识。

后来，彼得带克劳斯参观这个城市，接着便带他回自己的家。

"如果你需要我，可以在这里找到我。这位是我的妻子，克萝拉。"

他们三个人一起吃午餐，然后整个下午都在商店里度过。他们买了一些衣服和鞋子。

克萝拉说："我这一辈子拥有的衣服也没这么多。"

彼得笑了笑说："你可以扔掉你的旧外套和长筒靴。每个月你都会领到一笔钱，那些钱是你在学校的开销和个人零用金。如果还需要什么就告诉我。我会帮你支付寄宿费和学费。"

克劳斯问："这所有的钱都是谁给我的？是你吗？"

"不是我，我只是你的监护人。钱是国家给的。你没有父母，国家应该负责抚养你，直到你有能力养活自己为止。"

"可能的话，我希望能尽早这样。"克劳斯说道。

"过了这一年，你就必须决定是去念书，还是去当学徒。"

"我不想念书。"

"别急！别急！你难道没有任何抱负吗？克劳斯？"

"抱负？我不知道。我只想要平静，能够写写东西。"

"写东西？什么？你想当作家？"

"是的，成为作家是不需要念书的。只要在写文章时不犯太多的错误就行了。我很想正确地好好学会写你们的文字，这对我来说就足够了。"

彼得说："靠写作是无法过活的。"

克劳斯说道："不，这个我知道。但是我可以白天工作，晚上静静地写作。在外婆家时，我就已经这么做了。"

"怎么？你已经写了？"

"是的，我已经写满了几本笔记本，都包在我的旧外套里。当我学会了你们的文字时，我会翻译一遍，也会拿给你看。"

他们待在少年之家的房间里。克劳斯解开捆住他旧外套的绳子。他把五本小学生的笔记本摆在桌子上，彼得一本接着一本翻。

"我真的很好奇想知道这些笔记本里所写的内容。这是类似日记的笔记吗？"

克劳斯说："不，都是一些谎言。"

"谎言？"

"是的，一些虚构的内容。这些故事都不是真实的，但是也有可能存在。"

彼得说："克劳斯，你赶紧学会我们的语言吧！"

晚上将近七点，我们到达了首都。那儿的天气变坏了，很冷，而且滴滴落落的雨水结成像水晶般的冰块。

整幢大使馆建筑被一座大花园环绕着。我被带到一间很温暖的房间里，那儿有一张双人床和一间浴室，就像豪华旅馆的房间一样。

一个侍者替我端来餐点，我只吃了几口。这一餐和久别的小镇上吃惯的餐点不太一样。我把盘子放在房门前。几公尺远的地方，有个男子坐在走廊上。

我洗了澡，然后拿了一支在浴室里找到的全新牙刷刷牙。浴室里有一件浴衣，床上也有一件睡衣，我在床上躺下来。

我的病痛又发作了。我试着等一会儿，但是这次的疼痛却变得让人难以忍受。我起身在行李箱里翻寻，找到我的药。我服了两片药剂，又躺下来。病痛并未减轻，反而加重不少。最后，我走到房门口，打开门，那名男子还一直坐在那儿。我告诉他：

"请你叫个医生来，我生病了，是心脏病。"

他拿起固定在他身旁墙上的电话筒。后来的事情我就不记得了。我失去了知觉。当我再度醒来时，人已躺在医院的病床上。

我在医院里待了三天，接受各种检查。终于，一位心脏科的医生来看我。

"你可以起身穿衣服了，我们要把你再送回大使馆。"

我问他："你不替我动手术吗？"

"不需要动手术。你的心脏状况很好。你的疼痛是来自于你的焦虑不安和严重的抑郁症。别再服用你的那些药，只要服用这些我开给你的强力镇静剂就行了。"

他握住我的手，又说："别怕，你还能活很久。"

"我不想活很久。"

"一旦治好了抑郁症，你这个想法就会改变。"

一辆车驶过来载我到大使馆。有人引我进入一间办公室。一个长了一头鬈发的年轻男子，面带笑容对我指了指一张皮制扶手椅。

"坐下吧！我很庆幸医院里的一切都顺利过去了。但是，这并不是我要你来的目的。你是来找你的家人，特别是你的兄弟，是不是？"

"是的，我的孪生兄弟。但是我想这个希望不大了。难道你发现了什么吗？有人告诉我，以前的档案都已经损毁了。"

"我不需要那些档案，我只要翻开电话簿就行了。在这个城市里，有个男人的名字如你一样。不仅姓一样，就连名字也类似。"

"你是说克劳斯？"

"是科劳斯·T，第一个字是科，这足以证明他和你的兄弟不可能有关系。不过，他仍然有可能和你的家人有亲戚关系，这或许能给你一些线索。如果你想和他联系，这是他的地址和电话号码。"

我收下了地址，说道："我不知道，我想先看看他住在哪条街，哪间房子。"

"我了解。下午五点左右，我们可以到那儿逛逛。我陪你去。没有充分的证件，你是不能独自外出的。"

我们的车子穿越镇上。天已经黑了。在车上，那鬈发男子对我说：

"关于那个姓名类似的人我已经打听过了，他是这个国家一位很重要的诗人。"

我说："租给我房子的那个文具店女老板从来都没向我提起过。可是，她应该认得这名字才对！"

"不尽然。因为他发表文章时并不是以科劳斯·T这本名发表，他的笔名是科劳斯·路卡斯。他的孤僻是出了名的。人们从未在公开场合见过他，而且也完全不了解他的私生活。"

车子在一条狭窄的通道上停下来。道路两旁尽是被花园围绕的整齐平房。

鬈发男子说道："在这里，十八号，就是这里。这附近是这个城市首屈一指的高级住宅区，同时也是最宁静、最昂贵的地区。"

我什么也没说，只是看着房子。这栋房子位于这条街上较为隐密的地方，花园里有几阶往上通向大门的阶梯，四扇面对街道的绿色百叶窗还是开着的。厨房里的灯亮着。过了一会儿，客厅的两扇窗子也很快就透出蓝色的灯光。书房里的灯现在还是暗的。房子的其他部分，也就是屋背面对后院的地方，这里看不到。在那里还有三间房间，一间是父母亲的寝室，一间是小孩房，还有一间是客房，母亲平常用来当做裁缝间。

在院子里，有一间用来堆放木柴、自行车和笨重玩具的工具室。我还记得那两辆红色三轮车，和一些小孩玩的木制小汽车。我也记得里面还有我们沿着街道，用一根木棍滚动玩耍的木轮。一只巨大的风筝也靠在墙上。院子里还有两座秋千相依垂吊。母亲在背后推我们，让我们直飞到胡桃木的树梢上，那棵树现在也许还在屋后吧！

那位大使馆人员问我："这里的一切让你想起了什么

吗?"

我说:"没有,什么也没有。当时我只有四岁。"

"你不打算现在就进去?"

"不了,今晚我会先打电话过来。"

"好吧!这样比较好。想见到这个男人并不容易。也许你不可能见到他呢!"

我们回到大使馆。我上楼回房间,把电话号码准备好放在电话机旁。我服下一颗镇静剂,然后打开窗子。窗外正在下雪,白色的雪花飘落在花园里泛黄的草地上,飘落在黑黝黝的土地上,响起湿答答的声音。我上床睡觉。

我走在一座不知名的城镇的街道上,天上正在飘雪,四周愈来愈黯淡。转入另一条街道时,光线几乎都快消失了。我们以前的房子就在最后一条街道上。再远一点儿,就是田野,在那儿没有任何的光线。我们家的对面有一间酒吧。我走进去,叫了一瓶酒。我是惟一的客人。

我们家的窗子同时亮了起来。透过窗帘,我看见有人影在移动。我喝完酒,走出酒吧,穿过街道,按下花园大门的门铃。没人回应。门铃出故障了。我打开铁门,门没锁。我走上五段阶梯,来到门口阳台站定,再按一次电铃,按了两次、三次。有个男人的声音从门后问道:

"什么事？要做什么？是谁呀？"

我说："是我，克劳斯。"

"克劳斯，哪一个克劳斯？"

"你应该有个儿子叫克劳斯吧？"

"我儿子在这里，和我们一起在屋子里。你走吧！"

那男人离开大门。我又按了电铃、敲门，大声叫道：

"爸爸！爸爸！让我进去！我搞错了，我是路卡斯，我是您的儿子路卡斯啊！"

一个女人的声音说：

"让他进来吧！"

门打开了，一个老人对我说："进来吧！"

他领我进去，来到客厅。他坐在一张扶手椅上。一个年纪很大的老妇人则坐在另一张椅子上。

她对我说："好吧！你自称是我们的儿子路卡斯？之前你都在哪儿？"

"在国外。"

父亲说："哦，在国外。那么你现在为什么要回来？"

"爸爸，我是要回来看你们，看你们两个人，还有科劳斯。"

母亲说："科劳斯他没离开。"

父亲说："这些年来，我们一直都在寻找你。"

母亲接着说："后来，我们把你的事情给忘了。你不应该回来的，你打扰了所有的人。我们的生活很平静，不想被打扰。"

我问道："科劳斯在哪里？我想见见他。"

母亲说："他在他的房间，就和以前一样。他睡着了，别吵醒他，他只有四岁，需要多睡一些。"

父亲说："任何东西都无法证明你是路卡斯，你走吧！"

我再也听不到他们说些什么了，我离开客厅，打开了小孩的房门，点亮天花板上的灯，坐在床上，一个小男孩一见到我便哭了起来。我父母跑过来。母亲将那小男孩抱在怀里摇着。

"不要怕，我的小宝贝。"

父亲抓着我的手臂，穿过客厅，拉向阳台。他打开大门，将我推倒在阳台台阶上。

"你把他吵醒了！蠢货！滚蛋！"

我摔倒在地，脑袋撞在石阶上，血流不止。我一直趴在雪地中。

我被冻醒了，风和雪飘进我房里，窗前的嵌木地板湿了。

我关上窗子，到浴室里找了一条毛巾，吸干地板上的积水。我身体颤抖，牙齿咯咯作响。浴室里很暖和，我坐在浴缸的边缘，又吃下一颗镇静剂，等着颤抖消失。

现在是晚上七点钟。有人替我送来晚餐，我问那侍者能否给我一瓶酒。

他对我说："我去问问看！"

几分钟后，他拿了一瓶酒过来。

我说："你可以收拾餐盘了。"

我喝着酒，在房里走着。从窗边走到房门，又从房门走到窗边。

八点钟，我坐在床上，拨动我兄弟的电话号码。

第二部

八点。电话铃响，母亲已经睡着了。而我正在看电视，就像每天晚上一样，看侦探剧。

我将饼干从嘴边放回纸巾上，待会儿再吃吧！

拿起话筒，我没道出我的名字，只说："喂，请说话。"

电话那端是个男人的声音。

"我是克劳斯·T，我想和我的兄弟科劳斯·T说话。"

我不吭声。汗水直沿我的背脊流下。最后，我说道："你搞错了，我没有兄弟。"

那声音说："不，你有一个孪生兄弟，叫路卡斯。"

"我的兄弟很久以前就死了。"

"不，我没死，我还活着，科劳斯，我很想见见你。"

"你在哪儿？从哪儿来？"

"我在国外生活了很久。我现在就在首都的 D 国大使馆这里。"

我做一次深呼吸，然后一口气说道：

"我不相信你是我兄弟，我不接受别人来访，不要烦我！"

他坚持说道："五分钟，科劳斯，我只要你给我五分钟。再过十天，我就要离开这个国家，而且不再回来了。"

"那就明天过来吧！但是请你在晚上八点以后过来！"

他说："谢谢。明天八点半我会回我们家。不，我是说，明天八点半我会到你家去。"

他把电话挂了。

我擦一擦额头上的汗水，坐回电视机前的位子。我完全不知道电视剧演了什么。我把剩下的饼干丢进垃圾桶，不想再吃了。"回我们家"……是的，这里以前该说是我们的家，然而，那已经是好久以前的事了，现在，这里是我的家，这里所有的一切都只属于我一个人。

我缓缓地推开母亲的房门，她睡了。她是如此的瘦小，简直就像小孩一样。我拨开她脸上的灰发，在她额头上亲了一下。我抚摸她摆在毯子上满布皱纹的双手，她在睡梦中微笑，紧握我的手，喃喃自语道："我的小宝贝，你在这儿啊？"

随后，她又脱口说出我兄弟的名字：

"路卡斯，我的宝贝路卡斯。"

我走出房间，到厨房里取了一瓶烈酒，然后到书房里写东西，就如同每天的夜晚一样。这间书房是我父亲的，我丝毫没有变更过里面的一切，即使是老旧的打字机、坐起来很不舒适的木椅、书桌上的台灯和笔架也都一样。我试着努力想写写东西，但是只要一想到"那件事"，我就只是流泪，因为它扰乱了我们的生活，我们全部的生活。

路卡斯明天就要来了。我知道那是他，从电话铃响的第一声起，我就知道是他。我的电话几乎从没响过。装这部电话是为了预防母亲有任何紧急状况发生时使用。另外，如果我在白天没有气力到超市，或是母亲的状况不允许我出门时，我就利用电话订货。

路卡斯明天就要来了，该怎么做才能不让母亲知道这件事呢？路卡斯来访时，她不会醒来吗？让她回避？找理由要她逃走？逃到哪儿？怎么逃？要给母亲什么理由说服她逃走？我未曾离开过这个家，母亲也不想离开这个家，她认为这是惟一能让路卡斯回来时找到我们的地方。

事实上，他就是在这里找到我们的。

果真是他！

是他！

我不需要任何证据就能确知这件事。我知道，我以前就知道了！我一直都知道他没有死！他会回来的！

但是，为什么是现在？为什么这么晚？为什么是消失了五十年之后呢？

我应该保护自己，应该保护母亲。我不让路卡斯破坏我们的平静、我们的习惯、我们的幸福，我不要我们的生活被他扰乱。母亲和我都无法忍受路卡斯到家里翻寻过去，搅乱回忆，询问母亲。

我应该尽全力摆脱路卡斯，不让他再来揭开那可怕的伤痕。

时值寒冬。我必须节省使用煤炭。在母亲就寝前的一个小时，我打开电暖炉，好让她房里暖和些，等到母亲睡着时，就关掉电暖炉，然后直到她起床的前一小时，再打开电暖炉。

对我来说，厨房的热气和客厅里煤炭的暖气就已经足够了。早上我起得很早，首先就是到厨房里生火，当炭火烧得通红时，再拿出一些到客厅的火炉里，然后添上几块炭砖，过了半小时，那儿也暖和起来了。

夜深时，当母亲睡着之后，我就打开书房的房门，客厅的热气立刻会传进房里。这房间很小，所以很容易就暖和起来。动笔写作前，我会换穿睡衣，外面披上长袍。因为这么一来，我就可以在写作之后，立刻回房里睡觉。

今晚，我在屋子里打转。有好几次经过厨房然后在厨房里停下来。随后，我来到小孩房眺望着花园，只见胡桃木光秃秃的树枝轻触窗扉。细小的雪花飘落在树干上，飘落在地上，覆盖在上面结成一层薄薄的冰。

从一个房间走到另一个房间，就这样一直走来走去。书房的门已经打开了，就在这里，我将和我的兄弟见面。当我的兄弟一踏进来，我就把房门关上。如果这里很冷，那也没办法。我不愿让母亲听到我们在讲话，也不愿让我们的谈话声吵醒她。

但是，如果母亲真的醒来了，我该说什么才好？

我就说："再去睡吧！妈妈，只是来了一个记者而已。"

对另一个人，也就是我兄弟，我会这么说：

"不要太在意，她是安登妮雅，我的丈母娘，也就是我太太的妈妈。自从她守寡以后，就一直在我们家住了好几年。她开始有点儿老糊涂了，什么事都会搞错，什么事也都会混淆。她有时候还以养我为借口，幻想她是我的亲生母亲呢！"

我必须阻止他们见面，否则他们一定会认出对方。只要母亲一见到路卡斯，她就一定能认出他来。就算路卡斯不认得我母亲，而母亲一认出他就会说：

"路卡斯，我的宝贝儿子！"

我不想听她说"路卡斯，我的宝贝儿子！"我现在不想听到这句话。这该是很容易就能办到的事。

今天，趁母亲午睡时，我把家里大小时钟的指针都调早了一个小时。幸好，这个季节很早就入夜。下午近五点时，就已经天黑了。

我提早一个小时为母亲做饭，有胡萝卜泥、马铃薯、烤碎肉和一份淋上焦糖奶油的点心。

我在厨房里摆好餐桌，正要到母亲房里唤她时，她已经来到厨房了。她说：

"我还不饿。"

我说："妈，你肚子从来就不饿，总要吃些东西呀！"

她说："我晚一点再吃。"

我说："再晚一点，全都凉了。"

她说："到时候再热一热就行了，否则我什么都不吃。"

我说："我给你准备了药茶，好让你开开胃。"

在她的药茶里，我放了一份安眠药，是她平日服用的剂量。在药茶旁边，我为她摆了另一份同样剂量的安眠药。

十分钟后，母亲在电视机前睡着了。我把她抱到她房里，替她脱下衣服，让她躺在床上睡。

我回到客厅，将电视机的声音关小，也把画面的亮度转暗一些。然后，再将厨房的闹钟和客厅的时钟调到正确的时间。

在我兄弟到来前，我还有时间吃饭。在厨房里，我吃了一些胡萝卜泥和烤碎肉。母亲即使戴着我不久前请人给她做的假牙也难以咀嚼，她的消化能力已经不再像以前那么好了。

我吃完饭后洗好碗盘，然后将剩菜放到冰箱里，这些剩菜恰好足够明天中午吃。

我待在客厅里，准备两只杯子和一瓶摆在我扶手椅旁小桌上的白兰地。我一边喝酒一边等待。八点整，我去看母亲，她睡得很熟。侦探剧正开始播映，我试着专心地看。将近八点二十分，我放弃看那部片子，来到厨房窗前守候。这里的灯关了，在外面是不可能看得到我的。

八点三十分整，一辆黑色的大轿车在屋子前停下来，然后停靠在人行道上。一个男子步下车，走近栅栏门，按下电铃。

我回到客厅，通过对讲机说道："进来，门没锁。"

我点亮了阳台走廊上的灯，坐在我的扶手椅上。我的兄弟进来了，他又瘦又苍白，一跛一跛地走向我，腋下夹着一个公文包。我的泪水在眼眶里打转。我站起身，握着他的手说道：

"欢迎！"

他说："我不会打扰你很久，车子在外面等我。"

我说:"到我书房来,那儿比较安静。"

我让电视机的声音继续响着。如果母亲醒来,她只会听到每天晚上听到的侦探剧声音。

我的兄弟说:"你不关掉电视机吗?"

"不,为什么要关?在书房里我们就听不到了。"

我手持那瓶酒和两只杯子,坐在书桌后。我指了我对面的一个座位说道:"坐吧!"

我打开那瓶酒。

"要不要来一杯?"

"好吧!"

我们喝酒。我的兄弟说:"这是我们父亲的书桌,一点儿都没变。我还认得出这盏台灯、这部打字机、这些家具以及这些椅子。"

我笑着说:"你还认得出其他什么东西吗?"

"所有东西都认得。我认得阳台和客厅,我还知道厨房在哪里,还有小孩房间和父母房间。"

我说:"这不难嘛!附近房子的建造形式都是一个样儿。"

他又继续说道:"在小孩房窗前,有一棵胡桃树,那棵树的枝干都碰到玻璃窗了,树干上还有两个秋千悬在那儿。我们还把玩具小汽车和小三轮车放在院子深处的挡雨板下。"

我说："挡雨板下面现在还有些玩具放在那儿，不过并不是这些东西，都是些我孩子们的玩具。"

我们沉默不语。我又在杯里倒满了酒。当路卡斯再放下酒杯时，他问道：

"告诉我，科劳斯，我们的父母亲在哪里？"

"我的父母已经死了。至于你的父母，我不知道。"

"你的口气为什么如此冷淡呢？科劳斯？我是你的兄弟路卡斯啊！你为什么都不相信我呢？"

"因为我的兄弟早就已经死了。我倒很想看看你的证件，如果这对你不造成什么影响的话。"

我兄弟从他口袋里掏出一本外国护照，然后递给我说道：

"别太相信它，那里面有一些错误。"

我看着那本护照。

"你叫克劳斯？开头的字是克。这是你的名字？你的出生日期和我不一样，路卡斯和我是孪生兄弟，你比我大三岁。"

我把护照还给他，我兄弟的手在颤抖，他的声音也一样。

"当我穿越边界时，我才十五岁。为了要让自己的年龄看起来大一点，像个成年人，所以我就给了一个错误的出生日期，因为我不愿意接受监护。"

"那么你的名字呢？为什么要改名？"

"那都是因为你，科劳斯，当我在边界守卫的办公室里填写调查表时，我想到了你，想到了你的名字，这个名字在我脑海里伴随我度过漫长的童年，一刻也忘不掉，所以我不写路卡斯，而改成克劳斯。你在发表诗篇作品时也同样使用科劳斯·路卡斯当笔名。为什么选用路卡斯？是为了要纪念我吗？"

我说："事实上，那是为了纪念我的兄弟。但是，你又怎么知道我发表的诗篇？"

"因为我也一样在写作，但不是写诗。"

他打开公文包，从里面取出一本小学生的大笔记本放在桌上。

"这是我最后的手稿，还没完成，我想我没有时间去完成它了。我把它留给你，就由你来完成吧，你一定得完成！"

我想翻开笔记本，但是他做了个手势阻止我。

"不，不要现在看，等我离开时再看。有件重要的事我很想知道，我的伤口是怎么来的？"

"什么伤口?"

"脊椎附近的伤口,因为一颗子弹而引起的伤。那子弹是哪儿来的?"

"这我怎么会知道?我的兄弟路卡斯没有伤口。他小时候患的是一种儿童病,我想,应该是小儿麻痹。他死时,我只有四岁或五岁。那件事我无法记得很清楚。我所知道的,都是后来别人告诉我的。"

他说:"是的,就是这样,我也一样。长久以来我认为自己得了一种儿童病,这是别人告诉我的。但是,后来我才知道自己曾中过一颗子弹。在哪里中弹?怎么中弹?当时战争才刚开始呢!"

我没说话,耸了耸肩。路卡斯又接着说:

"如果你的兄弟死了,应该有他的坟墓。坟墓在哪里?你可以告诉我吗?"

"不,我想我无法告诉你。我的兄弟被埋在 S 市的公墓里。"

"哦?是吗?那父亲的坟墓呢?母亲的坟墓呢?都在哪儿?你可以告诉我吗?"

"不,这我也没办法。我父亲并未从战场上回来,至于我母亲则和路卡斯一起埋在 S 市。"

他问道："我不是死于小儿麻痹吗？"

"没错。不过我兄弟并不是因为小儿麻痹而死的，而是死于一场轰炸。我母亲才刚送他到 S 市去，因为他必须在那里的康复中心接受治疗。不久，那里的康复中心遭炮轰，我兄弟和母亲就再也没有回来了。"

路卡斯说："如果别人是这么告诉你的话，那就是在骗你的。母亲没送我到 S 市，而且她也不曾到过那儿看我。在中心被炮轰之前，我带着所谓的'儿童病'在那儿生活了好几年。而且我并没死于那场轰炸，我活下来了。"

我又耸了耸肩，说道："那是你的情形，而我的兄弟不是，我母亲也不是。"

我们互相注视对方，我直盯着他看。

"如你所知，这是两种不同的命运，你有你的人生，我兄弟自有他的人生，你应该往另一个方向继续调查下去。"

他摇摇头说："不，科劳斯，你很清楚，你知道我是你的兄弟路卡斯，但是你却不承认。你害怕什么？告诉我，科劳斯，你到底在害怕什么？"

我回答："我什么也不怕，我会害怕什么？如果我承认你是我的兄弟，那么我将会因为找到你而成为最幸福的人。"

他问道："如果我不是你兄弟，我又为什么来找你？"

"我不知道。这也只是你一厢情愿。"

"我一厢情愿?"

"是的。看看我再看看你自己,我们之间有没有丝毫半点相似之处呢?路卡斯和我,我们真的是孪生兄弟,我们完全一样。而你,你这样的相貌,甚至连体重都比我轻了三十公斤。"

"你忘了我的病,我的残障。我现在能走路,也算是奇迹了。"

我说:"不谈这件事了。告诉我,在轰炸之后,你发生了什么事?"

他说:"因为我的父母不要我了,所以我被送到K镇一个老农妇家中寄养。我在她家生活、工作,直到我离开K镇到国外为止。"

"那么……你在国外做些什么事?"

"什么事我都做,然后就是写一些书。而你呢?科劳斯,妈妈和爸爸死了之后,你怎么过活?按照你的说法,你很小的时候就成了孤儿啰?"

"是的,很小的时候。但我很幸运,我在孤儿院里生活了几个月之后,一户好人家就收留我。在那个家庭里,我过得很快乐。是个大家庭,有四个小孩,后来我就娶了他们家的长女莎拉。我们生了两个小孩，一男一女。现在我已经当爷爷了，一个快乐的爷爷。"

路卡斯说："真奇怪！我一踏进这间屋子，就感觉你好像是一个人生活。"

"没错，目前我是自己一个人生活，但这种日子到了圣诞节就会结束。因为我现在正在处理一件很要紧的工作，必须把新的诗集整理出来。等这些工作都忙完了，我就要到 K 镇和我太太莎拉，还有孩子们重新聚在一起度过冬天。我们在那儿有一栋房子，是我太太娘家的遗产。"

路卡斯说："我住过 K 镇，那个小镇我很熟，你们那栋房子在什么地方？"

"在中央广场的'大酒店'对面，隔壁有一家文具店。"

"我才在 K 镇住了几个月，正好就住在文具店的楼上。"

"这么巧！那个小镇很美，是不是？我小时候常到那儿度假，我那些孙子也很喜欢那个小镇，尤其是我女儿的那对双胞胎。"

"双胞胎？他们叫什么名字？"

"当然是叫克劳斯和路卡斯啰！"

"当然！"

"我儿子到现在只有一个女儿，叫做莎拉——就跟她奶奶，也就是我太太同一个名字。但是我儿子还很年轻，以后还可能会有其他孩子。"

路卡斯说："科劳斯，你真幸福！"

我回答："是呀！是很幸福。你也一样吧！我猜想……你也有个家庭吧？"

他说："不，我一直单身汉。"

"为什么？"

路卡斯说："我不知道，也许是因为没有人教我如何去爱吧！"

我说："太可惜了！孩子会为你带来许许多多的快乐。我无法想像，如果没有他们，日子会变成怎样！"

我兄弟站了起来。

"有人在车上等我，我不想打扰你太久。"

我笑了笑说："不，一点儿也不，你太客气了！呃……你要回到那个收留你的国家吗？"

"当然，在这里我无事可做。再见了，科劳斯。"

我起身说道："我送你。"

到了花园的大门时，我握住他的手。

"再见，先生。我希望你最后会找到你真正的家人。我衷心祝你好运。"

他说:"科劳斯,你居然到最后还在演戏。早知道你是如此的铁石心肠,我绝对不会来和你见面。我真的很后悔走这么一趟。"

我的兄弟跨进一辆黑色的大轿车,那辆车子开动了,也同时将他带走。

踏上阳台的阶梯时,我在结了薄冰的阶梯上滑了一跤,额头撞上石阶的棱角,鲜血直流进我的眼睛里,混杂着泪水。我好想一直躺在那儿,直到自己冻死为止。但是,我不能这么做,因为明天早上我还得照料母亲。

我走进屋里,来到浴室清洗伤口。消过毒后,再贴上药布。接着便回到书房,阅读我兄弟的手稿。

第二天早上,母亲问我:"科劳斯,你在哪儿弄伤的?"

我说:"在阶梯上。我想查看大门是不是已经关上,不小心在薄冰上滑了一跤。"

母亲说:"你一定是酒喝多了,酒鬼一个!不长进又笨手笨脚的!我的红茶呢?泡好没有?没有?还像个傻子一样站在那儿干什么?也不想想看,天气那么冷,你就不会在我醒来之前,提早半个小时起床,先把屋子弄暖,再泡一杯红茶等在那儿啊?我看你简直就是个一无是处的懒鬼!"

我说:"妈,茶在这儿。再过几分钟,屋子里就会暖和了。其实，我昨晚一整夜都没睡觉，都一直在写作。"

她说："然后呢？你这个大人物宁可整夜写作，也不愿意关心一下屋子里是不是暖和，茶是不是泡好了！难道你在白天就无法写作吗？我看你就不要在晚上熬夜写了！其他人不都是在白天工作吗？而且不也都做得很好？"

我说："是的，妈，白天工作是比较好，但是以前我在印刷厂时，就已经养成晚上工作的习惯了，现在怎么改也改不过来。况且一到了白天，我就无法静下心来，我还得出去买东西、做饭，尤其是马路上的噪音。"

"而且还有我，对不对？你说，你给我说清楚！是我扰乱了你的白天！对不对？所以你只能在你母亲上床熟睡，当一切都安静下来时写作，是不是？难怪你老是急着要我早点上床睡觉。这些我都清楚！打从老早以前，我就一直很清楚了！"

我说："说实话，妈，我在写作时，绝对必须一个人独处，我需要的是安静和独处。"

她说："反正你就认定我是一个唠叨的老太婆、不知趣的老太婆！果真如此的话，你也只要向我说一声，我就绝不再踏出房门一步！这样我就不会烦你了，也不会要你去买东西，要你做饭，除了写作之外，你什么都不必做。看来我干脆住进坟墓算了！一旦我住进坟墓，就永远也不会再吵到你了。在坟墓里，至少还可以找到我儿子路卡斯，他从来就不会对我那么刻薄，也不会要我去死，要我消失。在坟墓里，我会很快乐的，怎么做都不会有人责怪我！"

我说："妈，我不会责怪你什么，你一点也没有打扰到我，我很乐意去买东西、做饭。但是我必须利用晚上写作。自从我离开印刷厂，写诗就成了我们家惟一的收入了。"

她说："所以我说，你本来就不该离开印刷厂，印刷才是一份正当的工作。"

我说："妈，你也很清楚，我是因为生病所以才不得不放弃这份工作的。继续工作下去的话，我的健康状况就会愈来愈糟糕。"

母亲不再回应。她坐在电视机前。但是，晚餐时她又继续说道：

"我看这屋子也快撑不下去了。檐槽松了，花园里到处都淹水，过不了多久，这屋子里也会漏水。再看看花园，四处杂草丛生。房间也都被熏黑了，都是你这个一家之主抽烟熏出来的，另外，厨房也被你的烟熏黄了，客厅的窗帘也一样。书房和小孩房就更甭提了，都是烟味。在这个屋子里根本就没办法呼吸，花园里也一样，那儿的花都被屋子里飘出去的恶臭熏死了。"

我说："是的，妈。你冷静一点，现在是冬天，花园里没有花。我会把房间和厨房重新粉刷过，幸好你提醒我！到了春天，整个屋子我都会重新粉刷一遍，还会把檐槽修理好。"

服用了安眠药，母亲显得比较平静，然后就去睡了。

我坐在电视机前喝酒，如同每天晚上一样看侦探剧。后来，我走进书房，再看一看我兄弟手稿的最后几页，接着便开始写作。

我们一直都是四个人围坐餐桌一起吃饭。父亲、母亲和我们兄弟两人。

终日都可以听到母亲的歌声，无论是在厨房里、花园里还是在院子里。到了晚上，她也会在我们房里唱歌，伴我们入睡。父亲不唱歌，但是他会边劈柴边吹口哨。让我们感到非常亲切的声音，应该就是在夜深人静的午夜里，他敲打字机的声音了。

另外，还有母亲的缝纫机声，洗碗盘声，画眉鸟在花园里的鸣叫声，风儿吹动阳台上野葡萄叶和院子里胡桃木的声音。这些声音完全就像是一曲乐章，听起来非常悦耳，而且也能让人心安。

太阳、清风、夜晚、月亮、星星、云朵、雨水和白雪全都是一种奇迹。我们什么都不怕，即使是人影与大人们彼此之间说的故事——他们都说一些有关战争的故事。当时我们四岁。

一天晚上，父亲穿着军服回来了，他把外套和腰带挂在客厅门边的衣帽架上。那条腰带上有一把手枪。

用餐时，父亲说："我必须离开这儿到另一个城市。战争爆发了，我被征召入伍分配到前线去。"

我们说："我们以前为什么不知道你是军人呢？爸爸？你

应该是记者，不是军人。"

他说："战争期间，所有的男人都是军人，即使是记者也一样。尤其是记者，我更必须到前线去观察、描述所发生的事，这就叫做战地记者。"

我们问："为什么你有一把手枪？"

"因为我是军官。士兵拿的是步枪，而军官佩带的则是手枪。"

父亲对母亲说："叫孩子们睡觉去吧！我有话要跟你说。"

母亲对我们说："去睡吧！待会儿我会过去给你们讲故事。向爸爸说晚安。"

我们吻过父亲后就回到寝室。但是，我们立刻又悄悄溜出来，坐在客厅门口正后方的走道上。

父亲说："我决定和她一起生活。战争开始了，我没有多余的时间可浪费。我爱她！"

母亲问："你不为孩子们想想吗？"

父亲说："她也一样，她也快生孩子了！这就是我无法再沉默的原因。"

"你想离婚？"

"现在不是时候，战争结束后再说吧！这段时间，我只打算去认识那个即将出生的孩子。我是不可能再回来了，那两个双胞胎永远不会知道这件事。"

母亲问："你不再爱我们了吗？"

父亲说："问题不在这儿，你知道我爱你，我也打算永远照顾你和那两个孩子。但是，我也爱另一个女人。你能了解吗？"

"不，我不了解！而且我也不想了解！"

这时，我们听到了一响枪声。我们打开客厅房门，是母亲在开枪，她手上拿着父亲的手枪，又开了一枪，父亲倒在地上，母亲还一直在开枪，我身旁的路卡斯这时候也倒了。母亲扔掉手枪，大叫一声，跪在路卡斯身旁。

我跑出屋子冲到街上，大声高喊"救命啊！"路上的一些人抓住我，把我带到屋子里，试着让我平静下来，也试着让母亲冷静下来，但是她仍不停叫道："不！不！不！"

客厅里挤满了人，一些警察和两辆救护车也到了。我们全都被带到医院去。

在医院里，有人给我打了一针好让我入睡，因为我哭喊不止。

第二天，医生说："还好，没被子弹击中，他可以回去了。"

护士说："要他回哪儿？他家里已经没人了，他只有四岁。"

医生说："去和社会福利委员商量一下。"

护士带我到一间办公室去。社会福利委员是个盘了发髻的老女人。她问我一些问题。

"你有奶奶、外婆吗？姑妈、姨妈呢？有没有很喜欢你的邻居？"

我问："路卡斯在哪里？"

她说："在这家医院里，他受伤了。"

我说："我想看看他。"

她说："他还昏迷不醒。"

"这是什么意思？"

"就是他现在不能说话。"

"他死了吗？"

"没有，但是他必须休息。"

"那我妈妈呢？"

"你妈妈她很好，但是你不能见她，她也不能见你。"

"为什么？她也受伤了吗？"

"不，她睡着了。"

"我爸爸也睡着了吗？"

"是的，你爸爸也睡着了。"

她摸摸我的头发。

我问她："为什么他们都睡着了，而我却没有呢?"

她说："就是这样，有时候会发生这种事，全家人都入睡了，就只剩下一个人还没有睡觉。"

"我不要一个人，我也要睡觉，像路卡斯一样，也像妈妈爸爸一样。"

她说："总得要有个人醒着等其他人，当他们恢复或醒来时，才有人照顾他们呀!"

"他们都会醒来吗?"

"或许不是全部，但是其中一定会有一些人醒来，至少我们要这么相信!"

我们沉默了一会儿。她问道：

"在此之前，你知道有谁可以照顾你吗?"

我问她："什么在此之前?"

"在你家里的某个人醒来之前呀!"

我说："没有，没有人，而且我也不想让别人照顾。我想回我家。"

她说："你年纪这么小，没办法独自一个人在家里生活的。如果你不认识什么人，我就要送你到孤儿院去。"

我说："怎么做都一样！如果我不能在我家生活，到哪里去都不重要！"

这时，有个女人走进办公室，她说：

"我是过来找这个小男孩的，我想带他回我家。他不认识其他人，但是我认识他的家人。"

社会福利委员要我到走廊散散步。走廊上有一些人坐在长椅上彼此交谈，他们几乎都身穿医院里的病服。

他们说："真惨啊！"

"好可惜呀！一个美满的家庭。"

"她是对的。"

"男人啊！男人就是这样！"

"真丢脸啊！这些小老婆！"

"战争才开始呢！就这样出乱子！"

"也真会凑热闹！旁人可还有其他事要担心呢！"

那个说"我想带这个小男孩回我家"的女人走出办公室，她对我说：

"你可以跟我走了。我叫安登妮雅，你呢？你是路卡斯还是科劳斯？"

我让安登妮雅牵着我。

"我是科劳斯。"

我们搭上公交车后，走了一段路，然后进入一个小房间，里面有一张大床和一张儿童用的折叠式小铁床。

　　安登妮雅对我说："你个儿还小，应该可以睡在这张床上吧?"

　　我说："可以。"

　　我躺在那张儿童床上，我的脚可以碰到铁条，空间正好足够。

　　安登妮雅又说："这张小床是给我即将来临的小孩睡的，不是你弟弟，就是你妹妹。"

　　我说："我已经有一个兄弟了，我不要其他的弟弟，也不要妹妹。"

　　安登妮雅躺在那张大床上，她说："来，过来我这里。"

　　我下了床，走近她。她抓住我的手放在她肚子上说道："你感觉到了吗? 他在动。他快要和我们在一起了。"

　　她把我拉到她床上，轻轻摇着我说：

　　"但愿他跟你一样漂亮!"

　　然后，她又让我躺在那张小床上睡觉。

　　每次当安登妮雅轻轻摇晃我时，我都会感觉到那个小宝贝在动来动去，而且我总感觉那是路卡斯。结果我搞错了，从安登妮雅肚子里生出来的是个小女孩。

我坐在厨房里，是两个老女人要我待在厨房里的。我听到安登妮雅在高声地喊叫，我一动也不动。那两个老女人不时过来烧水，而且对我说："乖乖待在这儿！"

过了一会儿，其中一个老女人对我说："你可以进去了。"

我进到房里，安登妮雅抓住我，亲了我一下，笑着说：

"你看，是个小女孩，一个漂亮的小女孩，是你妹妹。"

我看着摇篮里那个紫得发青的小东西正在哭叫。我抓起她的手，摸摸她的指头，一根一根数，她有十根指头。我把她的左拇指放在她嘴里，她便停止哭叫了。

安登妮雅对我笑了笑："我们叫她莎拉，你喜欢这个名字吗？"

我说："嗯，什么名字都好，这不重要。她是我的小妹妹，不是吗？"

"是的，属于你的小妹妹。"

"那也属于路卡斯吗？"

"是的，也属于路卡斯。"

安登妮雅哭了起来。我问她："现在这个小床她在睡，那我要睡哪儿呢？"

她说："睡厨房。我已经要我妈妈在厨房里给你准备一张床了。"

我问她："我再也不能睡在你房里了吗?"

安登妮雅说："你最好在厨房里睡。小宝宝常常哭闹,一个晚上会吵醒大家好几次。"

我说："如果她的哭声吵到你,你只要像我一样把她的左拇指放到她嘴里就行了。"

我回到厨房,就只有一个老妇人在那里,她是安登妮雅的妈妈。她给我吃了一片涂上蜂蜜的面包,还给我一杯牛奶喝。然后她对我说："睡觉吧! 我的小宝贝。你可以选一张你喜欢的床睡。"

地上摆了两张床垫,上面有枕头和毯子。我选了摆在窗户下的那张床,这样我就能看到天空、看到星星了。

安登妮雅的母亲睡在另一张床垫上。睡觉前,她祷告:"万能的主啊! 帮助我吧! 那孩子连个父亲都没有! 我女儿的小孩没有父亲! 这些事早让我丈夫知道就好了。我对他撒了谎,隐瞒了事实。另外那个小男孩也不是她的! 这一切的不幸,我该怎么做才能挽救这些罪孽呢?"

老太婆嘀嘀咕咕不知道在念些什么,而我却睡着了。能够陪伴安登妮雅和莎拉,真让我感到幸福。

安登妮雅的母亲早上起得很早,她要我到附近的一家商店买东西。我只要递上单子，付钱就行了。

安登妮雅的母亲准备做饭，然后替小宝宝洗澡，而且一天替她换上好几次尿片。她都把洗好的衣服摊挂在厨房里的绳子上。在做这些工作时，她嘴里总是喃喃自语，也许是在祷告吧！

她没住很久。莎拉出生十天之后，她就带着行李和满口的祷告离开了。

我已经很习惯一个人待在厨房里。早上，我很早就起床去买牛奶和面包。当安登妮雅醒来时，我带着给莎拉的奶瓶和安登妮雅的咖啡来到她房里。我偶尔会给莎拉喂奶，然后帮她洗澡，我还会拿安登妮雅和我一起买给莎拉的玩具，试着逗她笑。

莎拉长得愈来愈漂亮，头发和牙齿都长出来了，也很会笑。而且，还习惯吸吮她的左拇指。

不幸的是，安登妮雅必须再回去工作，因为她父母不再寄钱给她了。

安登妮雅每天晚上都会出门，她在一家小酒馆里上班，她必须跳舞、唱歌，直到深夜才回家。早上，她都很疲倦，也无法照顾莎拉。

每天早上，有个邻居会过来为莎拉洗澡，然后把她放在厨房的婴儿围栏里，给她玩具玩。当那位邻居在做中饭、洗衣服时，我就陪莎拉玩。邻居洗完衣服之后，就离开了。如果安登妮雅还在睡觉，就由我照顾莎拉的一切。

到了下午，我将莎拉放在小推车里带她去散步。我们在公园里的空地上逗留，我让莎拉在草地上跑来跑去，在沙堆里玩，把她放在秋千上晃荡。

六岁时，我必须上学了。第一次是由邻居送我去上学的。她和老师讲了一些话之后，就留下我一个人。到了放学时间，我就回去看看一切是否安好，然后带莎拉出去散步。

我们愈走愈远，而且毫无目的。就这样，我在无意间来到了以前我父母亲居住的那条街道。

这件事我没告诉安登妮雅，也没告诉任何人。但是，我每天都会设法经过那幢有绿色百叶窗的房子前，在那儿停留一会儿。我哭了，莎拉也和我一起哭。

那幢房子早已废弃，百叶窗紧闭，烟囱也不再冒烟。前面的花园长满了杂草，后院的核桃掉了一大片在草地上，但是没有人去捡。

一天晚上，当莎拉入睡时，我走出了屋子，在街上奔跑，就在这样一个宁静、沉寂的黑夜里奔跑。由于战争的缘故，街灯都已熄了，家家户户的窗子也为了防止灯火外泄放下窗帘遮住了，星星的微光对我而言已经足够。所有的街道，所有的巷弄，都刻印在我的脑海里。

我翻过栅栏，在那幢房子周围徘徊，然后坐在胡桃树下。我的手碰到草地上又硬又干的核桃，我将它们装满口袋。第二天，我带了一只袋子回到那儿捡拾核桃，能提多少就捡多少。安登妮雅一看到厨房里的那袋核桃，就问我：

"那些核桃是哪儿来的？"

我说："在我们家花园里捡来的。"

"什么花园？我们没有花园啊！"

"是我以前住的那间屋子的花园。"

安登妮雅将我抱到她膝上。

"你是怎么找到的？你是怎么想起来的？当时你只有四岁啊！"

我说："现在我已经八岁了。告诉我，安登妮雅，到底发生了什么事？告诉我，他们现在全都在哪儿？他们怎么了？我爸爸，我妈妈，还有路卡斯？"

安登妮雅哭了，她紧紧抱住我说：

"我希望你忘掉这一切，我从不向你提起，为的就是要让你忘掉这整件事！"

我说："我一点儿也没忘，每天晚上我望着天空，就会想到他们。他们全都在天上，是不是？他们全都死了！"

安登妮雅说："不，不是全部，只有你父亲。是的，你父亲死了。"

"我妈妈呢？她在哪里？"

"在医院。"

"那我的兄弟路卡斯呢？"

"在S市，靠近边界的一家康复中心。"

"他发生了什么事？"

"他被一颗流弹射中了。"

"什么流弹？"

安登妮雅推开我，站了起来说："科劳斯，让我静一静，求求你，让我静一静！"

她走回房里，扑倒在床上，然后不停地啜泣，莎拉也跟着哭了起来。我把她抱在怀里，坐在安登妮雅的床边。

"别哭了，安登妮雅，把一切都告诉我，最好让我知道这件事的经过，我现在已经长大，可以知道事情的真相了。自己胡思乱想会比知道真相还更糟呢！"

安登妮雅抱起莎拉，让莎拉躺在她身旁，然后对我说："你躺另一边吧！我先哄莎拉睡，待会儿要告诉你的事，不要让她听到。"

我们三个人都躺在那张大床上，有好长的一段时间大家都没说话。安登妮雅不时摸摸莎拉的头发，有时候也摸摸我的头发。当我们听到莎拉规律的呼吸声时，我们知道她已经睡着了。这时，安登妮雅望着天花板，开始说出我母亲如何杀死我父亲的经过。

我说："我还记得那几响枪声和救护车。另外还有路卡斯，我妈妈也对路卡斯开枪？"

"不，路卡斯是被一颗流弹射伤的，那颗子弹正好射中他的脊椎附近，他昏迷了好几个月。当时，他们都认为他会残废。不过，现在还是有一丝丝的希望，或许他们可以完全治好他的毛病。"

我问："我妈妈也和路卡斯一样待在 S 市吗？"

安登妮雅说："不，你妈妈在我们城里，她在一家精神病院里。"

我问她："精神病院？什么意思？她病了还是疯了？"

安登妮雅说："跟其他的病一样，发疯也是一种病。"

"我可以去看她吗？"

"我不知道，没这个必要，这太悲惨了！"

我想了一下，然后问她："为什么我妈妈会发疯？她为什么要杀死我爸爸？"

安登妮雅说："因为你爸爸爱上我了，他爱我们，莎拉和我。"

我说："当时莎拉还没有出生，所以是因为你，如今会发生这些事都是因为你！如果不是你，即使是在战争期间，幸福还是会在那幢有绿色百叶窗的房子里延续下去，战争之后也一样。要不是你，我爸爸就不会死，我妈妈不会发疯，我的兄弟也不会残废，而我也不会孤孤单单一个人。"

安登妮雅沉默不语。我离开了房间。

我走进厨房，抓起安登妮雅准备用来购物的钱——每天晚上，她总会将第二天买东西所需的钱留在厨房的餐桌上，她也从不问我花了多少钱。

我步出大门，直接走到一条大马路上，那儿有几辆公交车和电车来来往往。我向一位正在街角等车的老太太问道："对不起！这位太太，请问搭哪一班公交车可以到火车站？"

她问道："到哪个火车站？我的小祖宗，我们这儿有三个火车站呢！"

"那就最近的火车站吧！"

"你先搭五号电车，然后再换搭三号电车。你只要向查票员询问，查票员就会告诉你应该换哪一班车。"

我来到了一个很大的火车站，里面挤满了人。人们挤来挤去的，有喊叫声也有咒骂声。我排在售票窗口前的队伍里，向前移动的速度很慢。终于轮到我的时候，我说：

"一张到 S 市的车票。"

售票员说："这里的火车不开往 S 市，你必须到南站去搭。"

我又搭了几班公交车和电车。当我到达南站时已经入夜了，而且直到第二天早上，都没有火车会再开往 S 市。我进入候车室，在一张长椅上找了个位子。这里人很多，味道很臭，烟斗和香烟冒出来的烟刺痛了我的眼睛。我试着入睡，但是当我闭上眼睛时，我却看到莎拉独自一个人在房里，她到厨房里找不到我就哭了。整个晚上，她都是一个人，因为安登妮雅必须外出上班。而我却坐在候车室里准备前往另一个城市，前往那个可以见到我兄弟路卡斯的城市。

我想到那个城市去看我的兄弟，我要找到他，然后我们再一起去找我们的妈妈。明天早上，我就要去Ｓ市了，我就要出发了。

我一直都睡不着。我发现粮票在我的口袋里，没粮票，安登妮雅和莎拉就没东西吃。

我必须回去。

我在路上奔跑。我的运动鞋没发出声音。一大清早，我已跑回安登妮雅家附近。我先排队买面包，然后再排队买牛奶，接着就走路回家。

安登妮雅坐在厨房里，她搂着我说："你上哪儿去了？莎拉和我哭了一整个晚上。你不能再一个人跑掉丢下我们。"

我说："我不会再丢下你们不管了。这里有面包和牛奶，钱不太够。我去了火车站，然后又到另一个火车站。我想去Ｓ市。"

安登妮雅说："我们很快就可以一起去Ｓ市了，去找你的兄弟。"

我说："我还想去看我妈妈。"

某个星期一下午，我们前往精神病院。安登妮雅和莎拉待在柜台服务处。一位护士带我到一个小房间，里面有一张桌子和几张椅子，另外，窗前还有一张独脚小圆桌，桌上摆了一些绿色植物。我坐在房里等待。

那位护士又过来了，她扶着一位身穿病服的女人，让她坐在一张椅子上。

"科劳斯，向你妈妈问好啊！"

我看着那个女人，她又肥又老，头发白了一半。她的头发往后梳，在脖子后用一根毛线绑着。当她转过身子久久望向紧闭的房门时，我看到了这一切。然后，她问那位护士：

"路卡斯呢？他在哪里？"

护士回答她："路卡斯没办法过来，但是科劳斯在这里。科劳斯，向你妈妈问好！"

我说："你好，妈妈。"

她问道："为什么只有你一个人来？为什么路卡斯没和你一起来？"

护士说："路卡斯最近几天也会过来的。"

母亲看着我，泪水从她浅蓝色的眼睛里流出来。她说：

"骗人！你们一直都在骗人！"

她流鼻涕，护士替她擤掉。母亲把头垂在胸前，不再说什么，也不再看我了。

护士说："她很累了！我要扶她回床上躺下。科劳斯，要不要过来亲亲你妈妈？"

我摇摇头，站了起来。

护士说："你可以自己找到服务处，是不是？"

我什么也没说，径自离开房间。我经过安登妮雅和莎拉面前，一句话也没说，便走出那幢医院建筑物，在大门口前等她们。安登妮雅手搭在我的肩上，莎拉牵起我的手，但是我把手抽回来插在口袋里。我们不说话，一直走向公车站牌。

到了晚上，安登妮雅外出上班前，我对她说："我见到的那个女人不是我妈妈，我以后再也不去看她了。你倒是该去看看她，去了解你所做过的事。"

她问道："科劳斯，你永远都无法原谅我吗？"

我没回答。她又说："如果你能知道我有多么爱你就好了。"

我说："你不必这么做！你不是我妈妈，只有我妈妈才应该爱我，但是她只爱路卡斯，这都是因为你的缘故！"

战火愈来愈接近了。这个城市无论日夜都有炮火轰炸。我们在地下室里度过很长的时光。在那里，我们还准备了床垫和毯子。刚开始，邻居们也会到这个地下室来避难，但是有一天，他们都不见了。安登妮雅说，他们全都被抓到集中营去。

　　安登妮雅没再上班，她跳舞的那家小酒馆关门了，学校也停课了。即使有粮票，也很难买到食物。幸好安登妮雅有个朋友，他有时候会来我们家，来的时候就替我们带面包、奶粉、饼干和巧克力。到了晚上，那个朋友因为宵禁的关系，就留在我们家过夜。那几个晚上，莎拉和我睡在厨房里，我抱着她静静轻摇，并且告诉她，我们不久就会再见到路卡斯了。然后，我们望着星星入睡。

　　一天早上，安登妮雅很早就唤醒我们。她要我们穿暖和一点儿，要我们多穿几件衬衫和几件套头毛衣，再穿上外套和鞋子，因为我们即将有一个长途旅行。她用两只箱子装满了我们其余的衣服。

　　安登妮雅的那位朋友开车过来接我们。我们把行李全放在车子的后备厢里。安登妮雅坐前座，莎拉和我坐后座。

　　我们在一座立有木头十字架的坟前停下来，十字架上写着我父亲的姓名，他的名字是复合名，也就是我和我兄弟的名字——科劳斯－路卡斯·T．

在那座坟上，有几束已经枯萎的花，但是其中有一束花很新鲜，是一束白色康乃馨。

我告诉安登妮雅："以前我妈妈在花园里到处都种满了康乃馨，这是我爸爸特别喜欢的花。"

安登妮雅说："我知道。过来，孩子们，向你们的父亲说再见吧！"

莎拉依言说了。

"爸爸，再见。"

我说："他不是莎拉的父亲，他是我和路卡斯的父亲。"

安登妮雅说："我已经跟你解释过了，难道你还不懂？算了，过来，我们没有时间了。"

我们回到车上，那辆车带我们到了南站。安登妮雅向她朋友道谢，然后又向他道别。

我们在售票口前排队。这会儿我才敢提起勇气向安登妮雅问道：

"我们要去哪里？"

她说："到我的父母家去。但是我们得先在Ｓ市停留，去带你的兄弟路卡斯和我们一道走。"

我握起她的手，亲了一下。

"谢谢你，安登妮雅。"

"别谢了，我只知道那个城市和那家康复中心的名字，其他的我就不知道了。"

当安登妮雅付了车票钱后我才知道，那笔买菜钱根本付不起到 S 市的旅费。

这趟旅程并不好受，车厢里挤满了人，有太多人想要逃离战争前线。我们三个人只有一个位子可以坐，坐着的人要把莎拉抱在膝上，而另一个人就站着。一路上，我和安登妮雅交替了好几次轮流地抱莎拉。这一趟路原本只要花五个小时就可以到达目的地，但因为不断传来空袭警报，所以总共花了十二个小时才到达。只要一遇上空袭警报，火车就会在旷野中停下来，接着，乘客全都跑出车厢，冲到原野中趴倒。通常在这个时候，我会把外套摊在地上，让莎拉躺在上面，我趴在她身上，防止她被流弹、碎片或炮弹击中。

到了深夜，我们才到达 S 市。我们在一家旅馆投宿。一进入房间，莎拉和我就立刻在大床上躺了下来。而安登妮雅则下楼到酒吧里打听消息，直到早上才回来。

现在，她已经有康复中心的地址，可以找到路卡斯了。我们明天就要前往那里去找他。

这是一栋坐落在公园里的建筑，整栋建筑已被炸毁了一半，里面空空荡荡的。我们看着那一面又一面被浓烟熏黑的墙壁。

那家康复中心是在三个星期前被炸毁的。安登妮雅到处查询，她询问了当地的政府机关，试着找寻中心里的幸存者，最后才找到女院长家的地址。我们到她家去。

她说："你说的那个小路卡斯我记得很清楚。他是中心里最坏的一个孩子。总爱捉弄捣乱其他人，是个让人很难忍受的无可救药的小孩。从来就没人来探视他，也没有人在意他。如果我没记错的话，这事关一个家庭悲剧。其他我就没什么好再告诉你的了。"

安登妮雅坚持问道："轰炸之后，你还见过他吗？"

女院长说："我自己也在那场轰炸中受了伤，但是却没有人关心我！许多人跑来跟我谈的、询问我的全都是和他们孩子有关的问题，但是却没人关心我！轰炸过后，我自己也在医院里住了两个礼拜。这种打击，你能了解吗？但是我没放在心上，因为我对所有的孩子都有责任。"

安登妮雅又问她："你想一想，你还知道路卡斯什么事吗？在轰炸之后，你还见过他吗？他们都如何处理那些幸存的孩子？"

女院长说："我没有再见过他。我早就说了，我自己也受伤了！那些活着的孩子被送回自己的家，而死了的孩子就被埋在这个城里的墓地。至于那些活着却又不知道地址的小孩，就被安排住在乡村、农家或是一些小镇里。那些收留他们的人家，等到战争结束时，就会让孩子们回来。"

安登妮雅查询了那个城市的死亡名单。

她对我说："路卡斯没死，我们会找到他的。"

我们又搭上火车，来到一个小车站。我们直接走到小镇中心，安登妮雅怀里抱着睡着的莎拉，而我则提着那些行李。

我们来到中央广场。安登妮雅按了按门铃，一个老妇人来开门。这个老妇人我早就认识她了，她是安登妮雅的母亲。她说："幸好你们还安然无恙，真是担心死了！我不断地为你们祷告。"

她从我手上把行李接过去。

"你和她们一起来啦?"

我说："我不能不来，我得照顾莎拉。"

"当然，你是该照顾莎拉的。"

她搂紧我，亲了我一下，然后抱起莎拉。

"你好漂亮呀！你长大了哦！"

莎拉说："我想睡觉，我要和科芳斯一起睡。"

我们睡在同一个房间，那个房间是安登妮雅小时候睡的。

莎拉称安登妮雅的父母亲叫"外婆"和"外公"，而我则喊他们玛蒂黛伯母和安德烈斯伯父。安德烈斯伯父是个牧师，他因为生病所以没被征召。他的脑袋老是在抖动，看起来好像一直在说"不"。

安德烈斯伯父常常带我到这个小镇上逛，有时甚至还逛到入夜。他说：

"我一直很想要有个男孩，一个能了解我对这个小镇是如何难以忘怀的男孩，他会了解这些街道、这些房子和这片天空的美丽。是的，在任何地方再也找不到这样美丽的天空了。你看，这片天空的色彩是任何文字都无法形容的。"

我说："就像是做了一场梦。"

"一场梦，是的，我只有一个女儿，她很早就离家了，当时她还很年轻，然后，她就带了一个小女孩和你一起回来。你不是她的儿子，不是我的外孙，然而你却是我一直在期待的男孩。"

我说："但是，等我妈妈康复之后，我就必须回到她的身边了。而且，我还必须去找我的兄弟路卡斯。"

"是啊！当然！我希望你会找到他们。但是，如果你不打算找他们，你可以永远住在我们家。你可以上学念书，也可以选择一种适合自己的职业。你长大后想做什么呢?"

"想娶莎拉。"

安德烈斯伯父笑着说:"你不能娶莎拉，你们是兄妹。你们是不可能结婚的，而且法律上也不会允许。"

我说:"我只要和她住在一起就行了! 没有人能阻止我继续和她住在一起!"

"你以后会遇到其他许多你想娶的年轻女孩。"

我说:"我不这么认为。"

不久，在街上散步变得很危险，而且晚上也禁止人们外出。在躲警报的时候，或是在躲炮轰的时候，该做什么呢?白天，我给莎拉上课，我教她读书、写字，还让她做一些算术练习。这屋子里有很多书，我们甚至还在阁楼里找到一些儿童书，另外还有几本安登妮雅小时候的课本。

安德烈斯伯父教我下棋。当女人们都上床睡觉时，我们就开始下棋，一直下到深夜。

起初一直都是安德烈斯伯父赢棋。当他开始输棋时，他也失去了玩棋的兴趣。

他对我说:"对我来说，你太厉害了，小男孩! 我不想玩了，我什么也不再想了，所有的希望都离我而去! 我也不再抱有那些迷人的梦想了，我只有平庸的梦想。"

我试着教莎拉玩棋，但她不喜欢，她比较喜欢简单一点的游戏，还有所有我为她说过的故事，无论是哪一个故事，即使已经说了二十遍，她也一样喜欢。

当战火转移到别的国家时，安登妮雅说："我们可以回首都的家了。"

她母亲说："你们会饿死的。让莎拉留在这儿住一阵子吧！你至少要找到一份工作和一个像样的住所才行呀！"

安德烈斯伯父说："让那男孩子也留在我们家吧！我们镇上有好学校，等找到他兄弟时，我们也会把他兄弟接过来和我们住在一起。"

我说："我必须回到首都去看看我母亲的情况如何。"

莎拉说："如果科劳斯回首都，我也要回去。"

安登妮雅说："我自己一个人走就好了，等我找到房子，我会来接你们回去。"

她亲亲莎拉，然后亲亲我。她在我耳边说："我知道你会照顾她，我相信你。"

安登妮雅走了。我们待在玛蒂黛伯母和安德烈斯伯父家。我们把身上弄得干干净净的，而且吃得也很好，但就是不能出门，因为到处都有外国士兵，而且一片混乱。玛蒂黛伯母害怕我们会发生什么事。

现在，我们各自拥有一个房间。莎拉睡在她母亲以前的那个房间，我就睡在客房里。

到了晚上，我就搬张椅子放在窗前，望着那座大广场，广场上几乎没人了，只有几个醉汉和一些士兵在那儿走来走去，偶尔会有一个看起来似乎比我还小的男孩一跛一跛地穿过那座广场。他吹着口琴走进一家酒吧，过一阵子又走出来，然后再到另外一家酒吧。将近午夜，当所有酒吧都打烊了，那男孩吹着他的口琴往小镇西边的方向离去。

一天晚上，我指着那个男孩给安德烈斯伯父看。

"为什么不禁止他在深夜里外出呢?"

安德烈斯伯父说："一年前我就注意到了，他住在我们这个小镇的尽头，在他外婆家。那个妇人的生活相当穷困，看来那孩子是个孤儿。他在酒吧里表演是为了赚点钱，经常可以在那些酒吧里看到他。每个人都对他很好，他受到全镇人的保护，也受到上帝的庇护。"

我说："我应该算是很幸福啰!"

安德烈斯伯父说："那是当然啦!"

三个月之后，安登妮雅来接我们回去。伯父和伯母却不让我们走。伯母说:

"让小女孩再留一段时间吧！她在这里过得很快乐，而且什么也不缺！"

安德烈斯伯父说："至少留下这个小男孩吧！现在局势已经稳定下来了，正是寻找他兄弟的好时机。"

安登妮雅说："没有他，你们也可以去找啊！我要带走这两个小孩，他们得和我住在一起！"

　　　　第三谎言

如今，我们在首都拥有一幢四个房间的大公寓。除了这四个寝室之外，还有一个客厅和一间浴室。

我们到达的那个晚上，我为莎拉说了一个故事，然后轻抚她的头发，直到她入睡为止。我听到安登妮雅和她的朋友在客厅里谈话。

于是，我穿上我的运动鞋走下楼，跑过那些熟悉的街道。如今，这些大大小小的街道和巷弄都被街灯照得通明。战争已经结束了，不再有灯火管制，也不再有宵禁。

我在自己的老家门前停下脚步。厨房的灯是亮的。起初，我猜想是那些外国士兵住在里面。客厅的灯也是亮的。夏天，窗子大开。我靠过去，有人在说话，是个男人的声音。我小心翼翼地从窗口窥视，母亲坐在一张扶手椅上听收音机。

一个星期里，我每天窥视母亲好几次。她从这个房间到另一个房间来回走动，经常待在厨房里忙。她也会整理花园，种种花、浇浇水。到了晚上，她便久久待在那间窗子面对庭院的主卧房里看书。每隔一天，会有一位护士骑自行车来，她在屋子里大约待上二十分钟，和母亲闲聊、测脉搏，有时候替母亲打一针。

有个年轻女孩每天早上都会过来一次，她总会带来满满的一篮东西，然后带着空篮子离开。我则继续帮安登妮雅买东西。其实她自己去买东西并不费力，而且她还有个朋友可以帮她忙。

母亲瘦了。她不再是我当时在医院看到的那个不修边幅的老妇人。她的脸上又露出了昔日的安详，头发也恢复了原本闪亮的色泽，而且还用一只深红色的发夹盘起来。

一天早上，莎拉问我："科劳斯，你去哪儿？你最近经常出去，都到哪儿去了？甚至晚上也出去。昨晚我到你房里，因为我做了一个噩梦，你却不在那里，我好害怕啊！"

"你害怕时怎么不到安登妮雅房里？"

"我不想去那儿，因为她有朋友。他几乎每一天晚上都会在我们家睡觉。科劳斯，你都到哪儿去了啊？"

"我只是去散散步，到街上散散步。"

莎拉说："你都到那栋没人住的屋子去散步，而且还在空屋子前面哭，对不对？你为什么不带我一起去呢？"

我告诉她："已经不是空屋了，莎拉。我妈妈回来了，又住在我们家里了，我也必须回去。"

莎拉哭了起来。

"你要和你妈妈住在一起，不再和我们住了？没有你，我该怎么办，科劳斯？"

我在她的眼睛上亲吻了一下。

"那我呢？我没有你，又该怎么办，莎拉？"

我们两个都哭了，躺在沙发上紧紧抱在一起，抱得愈来愈紧，彼此的手臂和腿也互相缠绕在一起。泪水流过我们的脸庞，渗进我们的发丝中，滴在我们的脖子上，流进我们的耳朵里。我们啜泣、颤抖。心中一股寒流袭来，令我们直打哆嗦。

我感觉裤子里的两腿间湿了。

"你们两个在干什么？发生了什么事？"

安登妮雅拉开我们，分别推得远远的，然后坐在我们两个人之间。她摇晃我的肩膀说：

"你做了什么事？"

我大叫："我没伤害莎拉！我什么都没做！"

安登妮雅把莎拉抱在怀里。

"噢！老天爷！我早就该料到了！"

莎拉说："我想我尿裤子了。"

她紧紧搂住她母亲的脖子说：

"妈妈，妈妈！科劳斯要去和他妈妈住在一起。"

安登妮雅结结巴巴地说："什……么？什么？"

我说："是的，安登妮雅，和她住在一起是我的责任。"

安登妮雅大叫："不可以！"

然后，她又说："是的，你是应该回你妈妈家。"

第二天早上，安登妮雅和莎拉送我走。我们在我家那条街的街角停下来。安登妮雅亲了我一下，然后递给我一把钥匙。

"这是我家的钥匙。你想回来随时都可以回来，我会保留你的房间不去动它。"

我说："谢谢你，安登妮雅。我会尽可能常常回来看你们。"

莎拉一句话也没说，脸色苍白，红着两只眼睛望向天空。夏日早晨万里无云的蓝色天空。我凝望莎拉。这七岁大的小女孩是我的初恋，我想我不会再爱上别人了。

我在我家的对街停下来。放下行李箱，坐在上面。我看到那个年轻女孩带着篮子来了又走。我依旧坐着，没力气站起来。接近中午，肚子开始饿了，头昏眼花，胃很痛。

下午，那位护士骑着自行车来到屋前。我提着行李跑过街道，在她还没进入花园前抓住她的手臂。

"女士，拜托你，女士，我在等你。"

她问道："有什么事吗？你生病了吗？"

我说："不是，我害怕，我害怕走进这栋房子。"

"你为什么要进入这栋房子?"

"这里是我家,我母亲的家。我害怕我母亲,我已经有七年没见到她了。"

我吞吞吐吐,全身颤抖。

"冷静一点!你应该是科劳斯吧!还是路卡斯?"

"我是科劳斯。路卡斯不在这里,我不知道他在哪里,也没有人知道。这就是我害怕见到母亲的原因:只有我一个人,却没有路卡斯。"

她说:"是的,我了解。你是应该等我。你母亲以为她自己杀死了路卡斯。我们一起进去吧!跟我来!"

那护士按了电铃,母亲在厨房里喊道:

"进来,门没锁。"

我们穿过阳台,在客厅里停下脚步。那护士说:

"我要给你一个惊喜!"

这时,我母亲出现在厨房门口,她的手在围裙上抹了几下,瞪大了眼睛看着我,低声说道:

"路卡斯?"

护士说:"不,这是科劳斯。路卡斯一定会再回来的。"

母亲说:"不,路卡斯不会回来了。是我杀了他,我杀了我的小宝贝,他永远也不会再回来了!"

母亲坐在客厅里的椅子上，身体在颤抖。护士替母亲卷起衣袖，为她打了一针。母亲任由她打针。

护士说："路卡斯没死，他被送到康复中心了，我已经跟你说过了。"

我说："没错，他在 S 市的一家康复中心里。我去找过他。虽然中心被炸毁了，但是死亡名单上，并没有登记路卡斯的名字。"

母亲小声问道："你没骗我吧，科劳斯？"

"没有，妈妈，我没骗你。"

护士说："这是真的，你并没有杀死路卡斯。"

这时候，母亲平静下来了，她说："我们得过去那里一趟。科劳斯，你和谁一起去的？"

"和孤儿院的一位女士。她陪我去那儿，她有家人住在 S 市附近。"

母亲说："孤儿院？有人说你被寄养在一户人家里，那家人很照顾你。你应该把他们的地址给我，我要去谢谢他们。"

我又开始结结巴巴了。

"我不知道他们的地址。我在那里住得不久。因为……因为他们都被送到集中营了。后来，我就到了孤儿院。在孤儿院里，我什么都不缺，所有的人都待我很好。"

护士说："我要走了。我还有很多事要做呢！科劳斯，你要送我出去吗？"

我送她到大门前。她问我：

"科劳斯，这七年来，你都住在哪儿？"

我对她说："我跟我母亲说的话你都听到了。"

她说："不错，我听到了。不过，这些并不是实话。亲爱的，你的谎话说得太差劲了。我们曾经到孤儿院调查过，你并不住在孤儿院。另外，你是怎么找到这里的？你又是怎么知道你母亲回来了？"

我沉默不语，她又说："你可以保留你的秘密，你这么做一定有原因。但是别忘了，这些年来我都在照顾你母亲。我愈知道关于她的事，就愈要帮助她。你突然带着行李出现，所以我有权利问你是从哪儿来的。"

我说："不，你没有权利。我人在这里，就是这样。告诉我，我母亲的情况如何？"

她说："就像你一样正常。可能的话，尽量要有耐心。如果她发作了的话，就打电话给我。"

"发作？是什么样的情况？"

"别怕，不会比今天更糟了。她会大叫、发抖，就这样而已。喏！这是我的电话号码，如果情况不佳，就打电话给我。"

母亲在客厅的椅子上睡着了。我提着行李到那间小孩房，就在走廊的尽头。这里一直都有两张床，两张成年人的床。正好是父母亲在"那件事"发生之前买的。找还找不到适当的字眼来形容我们所发生的事，或许可以说那是悲剧、是惨案、是一场灾难，但是，在我的脑海里只称它是"那件事"，再也没有其他字眼了。

小孩房很干净，两张床也一样。看得出来，母亲在等我们。但是，她最盼望的是我的兄弟路卡斯。

我们在厨房里静静吃饭。突然，母亲说道：

"我一点儿也不后悔杀了你的父亲，如果我认识那个你父亲为了她而要离开我们的女人，我也会杀了她。我会弄伤路卡斯，都是她的错，一切都是她的错！不是我的错！"

我说："妈，别想了，路卡斯虽然受伤了，但是并没死，他会回来的。"

母亲问："他要怎么找才能找得到这房子？"

我说："就像我一样，如果我能找到，他就能找到。"

母亲说："你说得对，我们不应该离开这里。他会来这里找我们的。"

母亲服下安眠药，很早就睡了。夜深时，我到她房里看她。她仰躺在那张大床边缘，脸朝向窗子。剩下的那个空位，是她丈夫的床位。

我只睡了一会儿，眺望星星，就像在安登妮雅家看到的一样。过去的每个夜里，我总会想起我的家人和这栋房子。在这里，同样的，我也想念莎拉她的家人，还有她住在 K 镇的外祖父、外祖母。

一醒来，我便发现窗前有几株胡桃树的枝干。我走进厨房，亲了母亲一下，她对我笑一笑。厨房里有咖啡和茶。年轻女孩带着刚出炉的面包来了。我告诉她不必再来了，因为我可以自己去买东西。

母亲说："不，薇洛妮卡，你还是过来，科劳斯还太小，没办法自己去买东西。"

薇洛妮卡笑着说："他没有这么小。但是，他在店里找不到我们要的东西。我在医院厨房里工作，我带来的东西都是在那儿找到的。你懂吗，科劳斯，你在孤儿院里吃得很好，所以你无法想象如何去城里找食物。你得花些时间在商店门前排队。"

母亲和薇洛妮卡相处得很融洽，她们笑，她们彼此搂在一起。薇洛妮卡在说她的恋爱史，都是一些愚蠢的话题："那时候他告诉我……所以我也对他说了……然后他就试着想要吻我。"

薇洛妮卡帮母亲染发，用的是一种叫做指甲花的染剂。这东西可以让母亲的头发恢复以往的色泽。薇洛妮卡也照顾到了母亲的脸，她为母亲敷脸美容，然后用一些小刷子、瓶瓶罐罐和铅笔似的东西帮母亲化妆。

母亲说："路卡斯回来的时候，我想要体面一些。我不要让他觉得我邋邋遢遢、又老又丑的。你懂吗，科劳斯？"

我说："是的，妈妈，我懂。可是你那头灰发和不化妆的模样也很好啊！"

母亲给了我一巴掌。

"科劳斯，回你房里！要不然就出去走走！我被你给气死了！"

然后，她又问薇洛妮卡："我为什么没有一个像你这样的女儿呢？"

我出去了，到安登妮雅和莎拉家附近散步，还到墓地去找寻我父亲的坟墓。我只和安登妮雅来过这里一次。墓园很大。

我回家，打算帮母亲整理花园。但是，她却对我说：

"去玩吧！把你的小汽车和自行车拿出来！"

我看着母亲说："难道你不知道这是四岁小孩玩的玩具吗？"

她说："还有秋千啊！"

"我也不想再荡秋千！"

我到厨房拿了一把刀，将秋千上的四根绳子割断。

母亲说："你至少得留下一个秋千，路卡斯会很高兴的。科劳斯，你这个孩子真是太任性了，而且还这么恶劣！"

我回到那间小孩房，趴在床上写诗。

晚上，母亲有时候会高声呼喊我们。

"路卡斯，科劳斯，吃饭啦！"

我走进厨房，母亲一见到我，便又从餐具橱里取出第三只碟子留给路卡斯，有时她会把碟子丢到洗碗槽里，碟子当然摔破了，再不然就是将碟子递向某处，如同路卡斯在那儿一般。

　　有些时候，母亲还会在夜里来到小孩房，轻拍着路卡斯的枕头，然后对他说：

　　"好好睡哦！祝你有个好梦！明天见。"

　　说完便离开。但是，有些时候她会跪在床边好久好久，然后把头靠在路卡斯的枕头上睡着。

　　我躺在床上一动也不动，呼吸时尽可能不发出声音。然而，当我在第二天早上醒来时，母亲已经不在那儿了。我摸摸另一张床的枕头，上面有母亲湿答答的泪水。

　　无论我做什么事，都无法让母亲满意。

　　"你从来就不会干干净净地吃东西。看看路卡斯，他就从不弄脏桌布。"

　　如果我花了一整天在花园里除草，然后带着一身污泥回家时，她便对我说：

　　"你就像头猪一样脏，换成是路卡斯，他就一定是干干净净的。"

　　当母亲从政府那儿领到一笔微薄的钱时，她便会进城里去，然后带回一些昂贵的玩具。她把这些东西全藏在路卡斯的床底下，然后警告我：

"别碰这些东西！等路卡斯回来时，这些玩具必须跟新的一样。"

如今，我才知道母亲必须服用的药有哪几种。

护士全都告诉我了。

因此，当她不想吃药或忘了吃药时，我就会在她的咖啡、她的茶或汤里下药。

九月，我又开始上学。战争前，我就已经上过这所学校了。我应该可以在学校里遇见莎拉，但是她并没有来上学。

放学后，我去按安登妮雅家的门铃，没人应门。我用钥匙打开大门，屋里一个人也没有，我到莎拉的房间，拉开她的抽屉，一本习字本也没有，她的衣橱里，也同样一件衣服也没有。

我走出屋子，将屋子的钥匙丢到路上正在行驶的电车前面，然后回我母亲家。

九月底，我在墓园突然遇到安登妮雅。我终于找到父亲的坟墓了。那天，我带来一束父亲喜欢的白色康乃馨。在他坟上已有另外一束。我将自己手上的这一束摆在旁边。

我不知道从何说起。安登妮雅问我："你到过我家？"

"是的。莎拉房里空空的，她在哪里？"

安登妮雅说："在我父母家。她必须忘了你，但是她脑子里想到的只有你。无论在哪里，她总想去你母亲家找你。"

我说："我也一样，我也一直想到她。没有她，我就会活不下去。无论在什么地方，无论发生什么事，我都想和她生活在一起。"

安登妮雅将我抱在她怀里说道："别忘了，你们是兄妹，科劳斯。你们不能再像从前一样爱对方。早知道我就不该带你到我家。"

我说："兄妹？那什么有关系？没有人知道啊！我们的姓也不相同。"

"科劳斯，别再这么固执了！忘了莎拉吧！"

我什么也没说，安登妮雅又说：

"我怀了一个小宝宝，我结婚了。"

我说："你爱上另一个男人，有了另一个生活。那么，你为什么还要来这里？"

"我不知道，也许是因为你吧！你曾经当了我七年的儿子。"

我说："不，没这回事！我只有一个母亲，就是现在和我住在一起的那个人，就是被你逼得发疯的那个人。由于你的错，我失去了父亲和兄弟，而现在，你还要将我的小妹妹抢走!"

安登妮雅说:"科劳斯，相信我，这一切我也很后悔，我也不希望发生这些事啊! 我也没料到会有这些后果，我是真心爱你父亲的啊!"

我说:"那么，你该了解我对莎拉的爱了吧!"

"这是不可能的爱情!"

"你的情况也一样啊! 在'那件事'之前，你就该离开我父亲，或是忘了他。我不想在这里再见到你，安登妮雅，我也不想在我父亲的坟前再见到你。"

安登妮雅说:"好，我不会再来了。但是，科劳斯，我永远不会忘记你。"

母亲的钱很少，就像一般的残障者一样，她只从政府部门领到一点点的钱，我成了她额外的负担。我应该尽快找到一份工作。薇洛妮卡建议我去当报童。

早上四点起床之后，我到印刷厂拿一捆报纸，跑遍分配给我的那些街道。我将报纸放在大门前，放在信箱里，或是放在商店的铁门下。

当我回到家的时候，母亲还没起床，一直到九点她才起床。我准备好咖啡和茶就上学去了，我的中餐是在学校解决的。直到下午五点左右，我才回家。

那位护士渐渐拉长了来访的时间间隔，她说我母亲已经痊愈，只需要服用一些镇静剂和安眠药就行了。

薇洛妮卡也愈来愈少来访了。来的时候，也只是告诉母亲她对婚姻的失望。

十四岁，我离开学校，开始当排字见习生，这个想法是从那三年送报的日子中得来的。我每天从晚上十点工作到早上六点。

我的厂长格斯帕尔先生要我一起分享他的晚餐。母亲没想到要替我做晚餐，也没想到要去订购煤炭过冬。除了路卡斯，她什么也没想到。

十七岁，我当上正式的排字工人。和其他行业相比较，

162　　　　　第三谎言

我的待遇算是不错的了。每个月，我还可以带母亲上美容院一次。在那里，有人替她染发、烫发和做脸部、手部的美容，母亲不希望路卡斯觉得她又老又丑。

母亲不停责怪我放弃学业。

"要是路卡斯的话，他就会继续念书，然后成为医生，一个伟大的医生。"

当我们的房子因为年久破损，屋顶漏水时，母亲就会说："路卡斯将会成为建筑师，一个伟大的建筑师。"

当我把自己的第一篇诗作拿给母亲看，母亲读了之后，便会说：

"路卡斯将会成为作家，一个伟大的作家。"

我再也不展示自己写的诗了，我将它们藏起来。

机器咔嚓咔嚓的声响帮助我写作，赋予我词句上的节奏，唤醒我脑海里的影像。当我排完报纸版面时，已是夜深人静了。我在自己编排、印刷完成的小短文上署名"科劳斯·路卡斯"，以这个笔名纪念我那位行踪不明的兄弟。

我们在报纸上发表的新闻完全与事实相反。"我们拥有自由"这个句子，每天印刷了上百次，但是在街上到处都可以见到外国军队的士兵。大家也都知道，还有许许多多的政治犯和外国旅客被拘禁。甚至在我国境内，我们也无法随自己的意愿前往任何一个城市。有一次我想到 K 镇去见莎拉，当我到达 K 镇的邻镇时，便有人拦下我，在彻夜的盘问之后，又将我送回首都，所以我才知道这件事。

每天，我们也印刷了上百次"我们生活在富足、幸福的日子里"的句子。起初我认为，对其他人而言这是真的，母亲和我则是因"那件事"而变得既悲惨又不幸。但是，格斯帕尔告诉我，我们家一点儿也不能算是例外，因为包括他自己、妻子和三个小孩，正以绝无仅有的悲惨方式生活呢！

此外，在我下班时的大清早，我和那些卖力工作的人们擦身而过，一点儿也看不到幸福的景象，更谈不上有富足的生活了。

当我问到为什么我们要发表这么多谎言时，格斯帕尔回答我：

"针对这个问题，你甚至不要有任何怀疑，只要做好你的工作，什么都别管。"

一天早上，莎拉在印刷厂前等我。我从她面前经过，却认不出她来。我是听到有人喊自己的名字，所以才转过身去。

"科劳斯！"

我们互相望着对方。我又累、又脏、又没刮胡子，而莎拉却是美丽纯洁又高雅大方。她现在已经十八岁了。她先开口说："你不亲亲我吗？科劳斯？"

我说："抱歉，我现在身上很脏。"

她在我脸上亲了一下。我问她："你怎么知道我在这里工作？"

"我问过你母亲。"

"我母亲？你去过我家？"

"对，昨天晚上。我去的时候，你已经离开了。"

我掏出手帕，擦干满脸的汗水。

"你告诉她你是谁？"

"我告诉她，我是你小时候的朋友。她问我：'是孤儿院的朋友吗？'我说：'不是，是小学的朋友。'"

"那么安登妮雅呢？她知道你来了吗？"

"不，她不知道。我跟她说，我到大学里报名。"

"早上六点吗？"

莎拉笑着说："她还在睡觉。而且我是真的要去学校。再过一会儿吧，我们还有时间找个地方喝杯咖啡。"

我说："我想睡觉，我好累！而且我得替我母亲做早餐。"

她说："科劳斯，你似乎不高兴见到我。"

"怎么会这么想呢，莎拉？外公外婆还好吗？"

"很好，但是他们老了许多。我妈妈想把他们也接过来，可是外公不想离开他那个小镇。如果你愿意，我们可以常常见面。"

"你要报哪个专业？"

"我想读医科。现在我回来了，我们可以每天见面呀，科劳斯。"

"你应该有个弟弟或妹妹吧？我最后一次见到安登妮雅时，她怀孕了。"

"是啊！我有两个妹妹和一个弟弟。但是，我想谈的是关于我们两个人的事，科劳斯！"

我问她："你继父从事什么行业，能够养活这么多人？"

"他在政府部门工作。你怎么老是故意岔开话题谈别的事呢？"

"是的，我是故意的。谈我们两个人的事没什么意义，也没什么好谈的。"

莎拉压低声音说："你忘了我们如何相爱吗？科劳斯，我没忘记你啊！"

"我也一样。但是见面也无济于事。难道你还不明白？"

"是的，我刚刚才明白。"

她做了一个手势，招了一辆经过的出租车离开了。

我直接走向公车站牌，等了十分钟，就像每天早上一样，搭上一辆公交车，一辆满是恶臭而又挤满了人的公交车。

当我回到家，母亲一反往常已经起床了。她在厨房里喝咖啡，对我笑了一笑：

"你那个女朋友莎拉好漂亮哦！她叫什么来着？莎拉……然后呢？她姓什么？"

我说："我不知道，妈妈。她不是我的女朋友，我已经有好几年没见到她了。她是来找一些老同学的，如此而已。"

母亲说："就这样？那太可惜了！你这个年纪也该有个女友了，但是你太笨，一定没办法让女孩子喜欢，尤其是这一类好家庭出生的女孩，加上你干的是出卖劳力的工作。如果是路卡斯就完全不同了。是啊！像莎拉这个女孩，就完完全全适合路卡斯。"

我说："当然啦！妈妈，很抱歉，我好困哦！"

我躺在床上。睡觉前，我在脑海中和路卡斯交谈。这是我多年来一直持续不断的习惯。谈的内容也几乎同往昔一样是同一件事。我告诉他，如果他死了，我很想替代他，因为他实在是很幸运。我还告诉他，他得到了最好的那一份，而我却必须承担最沉重的担子。我还对他说，人生根本就一无是处，毫无意义，它是一个谬误，是一种永无止境的苦痛，是造物者的恶意超越了才智的一种发明。

我再也没见到莎拉了。偶尔，我在街上一瞬之间似乎是看到她了，然而，那些人都不是莎拉。

有一次，我经过安登妮雅以前住的那栋房子前面，信箱上却没有一个是我熟悉的姓氏。而且，我也不知道安登妮雅新的姓氏。

过了几年，我收到一张结婚喜帖，是莎拉和一个外科医生的喜帖。喜帖上面印有双方家人的地址，那是城里最富有、最优美的地区，一个叫做"玫瑰山城"的住宅区。

后来，我结交了很多女朋友，那些女孩都是在印刷厂附近的酒吧认识的。在上班前或下班后，我都习惯待在酒吧里。他们都是一些女工或侍者，我很难得才见她们几次面，而且也没带过任何女孩回家让母亲认识。

星期天下午，我大半都是在格斯帕尔厂长家里和他们家人一起度过的。我们边喝啤酒边玩扑克牌。格斯帕尔有三个孩子。他的女儿艾丝黛儿也和我们一起玩，她的年龄和我相近，在一家纺织厂上班，她从十三岁起，就在厂里当织布女工。其他两个男孩年纪比较轻，也是印刷工人。星期天下午，他们都出门去看足球赛、看电影或在城里闲逛。安娜是格斯帕尔的妻子，和她女儿一样，也是织布女工。她总是在洗碗盘、洗衣服、准备晚饭。艾丝黛儿有一头金色秀发，一双蓝色的眼睛，和一张叫人想起莎拉的脸蛋。然而，她不是莎拉，不是我妹妹，不是我的"生命"。

格斯帕尔对我说："我女儿爱上你了，娶她吧！我把她交给你，你是惟一配得上她的人。"

我说："我不想结婚，格斯帕尔。我必须照顾我母亲，还得等路卡斯回来。"

格斯帕尔说："等路卡斯回来？可怜的蠢蛋！"

他接着又说："如果你不娶艾丝黛儿，最好就别再到我们家了！"

我再也没上格斯帕尔家。从那时候起，除了漫无目地在墓园或城里走上几个小时之外，就是独自和母亲在家里打发时间。

四十五岁，我当上另一家印刷厂的厂长。这家印刷厂属于一家出版社。我再也不必在夜里工作，而是从早上八点工作到下午六点，中午还有两个小时的休息时间。这时，我的健康已严重受损。我的肺部积存了不少的铅，血液缺氧，充满了毒素。这就是所谓的铅中毒，是印刷工人和排字工人的职业病。我常有腹痛、恶心的感觉。医生要我多喝些牛奶，尽可能多呼吸新鲜空气，但是我不喜欢喝牛奶。我备受失眠的折磨，因此精神上和身体上经常出现倦怠感。经过三十年来的夜间工作之后，我已经无法在夜里入睡了。

这家新的印刷厂印制各种经典作品、诗集、散文和小说。出版社的社长常常来访，巡视作业情形。有一天，他在架子上发现了我写的诗，他逼问我：

"这是什么？这些诗是谁写的？谁是科劳斯·路卡斯？"

"这是我的，是我写的诗，我是在下班后印的。"

我吞吞吐吐地回答。因为按照规定，我没有权利印制个人的作品。

"你是说，这些诗集的作者，科劳斯·路卡斯，就是你？"

"是的，是我！"

他问道："你什么时候写的？"

"在这几年里写的，以前我年轻的时候也写了很多。"

他说："把你写的东西全都带来。明天早上，带着你所有作品到我办公室来！"

第二天早上，我带着我写的诗走进社长办公室。这些诗已经有好几百页了，也许有上千页吧！

社长掂了掂那叠稿纸说道："就这些？你从没打算发表吗？"

我说："从未想过。我写这些时，是为自己写的，也是想找点事情做做，好玩而已！"

"好玩？我看不出你的诗里面什么地方有趣。总而言之，我看到的并不是这样。但是，也许你在年轻的时候比较快乐吧？"

我说："我年轻时非常不快乐。"

"这倒也是真的，当时也没什么好快乐的。但革命之后，很多事情都改变了。"

我说："对我而言并非如此。对我来说，什么都没改变。"

他说："至少我们现在可以出版你的诗了，不是吗？"

我说："如果你这么想，也这么认为，那就出版吧！但是，请别公开我的地址和我的真实姓名。"

路卡斯回来了，又走了。我打发他走。他留下了未完成的手稿，我现在正接下去写。

　　大使馆人员在未通告我的情况下登门，是在我兄弟来访的两天之后。晚上九点钟，那个男子按了我家电铃。幸好母亲已经入睡。他有一头鬈发，又瘦又苍白。我让他进入我的书房。他说：

　　"你们的语言我说得不流畅，如果我表达得很生硬，还请原谅！你的兄弟，不，就是自称是你兄弟的克劳斯·T 今天自杀了。下午两点十五分，在东站，当我们要遣送他回国时，他突然跳下行驶中的列车自杀了。他在我们大使馆里留下一封信给你。"

　　这位先生交给我一封信，上面写着"科劳斯·T 亲启"。

　　我拆开那封信，信上是这样写的："我很希望能埋葬在我们父母的坟旁。"然后是他的签名——路卡斯。我把信交给那位使馆人员。

　　"他想埋在这个地方。"

　　那位先生看了信之后，问道："他的签名为什么是路卡斯？他确实是你的兄弟吗？"

　　我说："不是，但是，按情形看来，我是无法拒绝他所相信的事了。"

那位先生说："奇怪的是，两天前他来你家之后，我们问他是不是找到家里的什么人了，他都回答没有。"

我说："你说的是真的。我们之间并没有任何血缘关系。"

那位先生问道："那么你还是允许他葬在你父母的坟旁吗?"

我说："是的，葬在我父亲的坟旁，他是我家中惟一死去的人。"

我和大使馆的那位先生跟在灵柩后头走，天空正在飘着雪。我捧着一束白色康乃馨和一束红色康乃馨，这两束花都是从花店里买来的。在我家花园里，即使是夏天，也不会有康乃馨。母亲在花园里种遍了各种花，只缺少康乃馨。

在父亲的坟墓旁边，掘出了一个新的墓穴。他们将我兄弟的棺材放下去，然后在坟墓上立了一个十字架，十字架上面以不同的拼法刻着我的名字。

我每天来到墓地，看到的是那个刻着"克劳斯"这个名字的十字架，于是想到必须换上另一个刻着路卡斯名字的十字架才行。

我还想到，我们四个人很快又可以相聚在一起了。一旦母亲死了，我也没有任何理由继续活下去。

火车。这真是个好主意!

图书在版编目（CIP）数据

　　第三谎言／〔匈〕克里斯多夫（Kristof，A.）著；
简伊玲译.—上海：上海人民出版社，2008
　　ISBN 978 - 7 - 208 - 08059 - 1

　　Ⅰ.第… Ⅱ.①克…②简… Ⅲ.长篇小说—匈牙利—现代
Ⅳ.1515.45

　　中国版本图书馆 CIP 数据核字（2008）第 121562 号

策划编辑　李恒嘉
责任编辑　李恒嘉
装帧设计　聂永真
版式设计　张　布

世纪文景

第三谎言
〔匈牙利〕　雅歌塔·克里斯多夫　著
简伊玲　译

出　　版　世纪出版集团　上海人 出版社
　　　　　（200001 上海福建中路 193 号 www.ewen.cc）
出　　品　世纪出版股份有限公司　北京世纪文景文化传播有限责任公司
　　　　　（100027 北京朝阳区幸福一村甲 55 号 4 层）
发　　行　世纪出版股份有限公司发行中心
印　　刷　北京中科印刷有限公司
开　　本　890×1240 毫米　1/32
印　　张　5.5
插　　页　2
字　　数　92,000
版　　次　2009 年 7 月第 1 版
印　　次　2009 年 7 月第 1 次印刷
ISBN　978 - 7 - 208 - 08059 - 1/I·587
定　　价　18.00 元